中华文史故事

第一辑

故事

◎张巨才 主编
赵丙祥 编著

中州古籍出版社
·郑州·

图书在版编目(CIP)数据

辞赋故事/张巨才主编. —郑州:中州古籍出版社,2018.1
(中华文史故事)
ISBN 978-7-5348-6997-6

Ⅰ.①辞… Ⅱ.①张… Ⅲ.①历史故事-作品集-中国 Ⅳ.①I247.81

中国版本图书馆 CIP 数据核字(2017)第 078139 号

出版社:中州古籍出版社
(地址:郑州市经五路 66 号　邮政编码:450002)
发行单位:新华书店
承印单位:河南瑞之光印刷股份有限公司
开本:640mm×960mm　1/16　**印张**:15.25
版次:2018 年 1 月第 1 版　**印次**:2018 年 1 月第 1 次印刷

定价:26.00 元

目　录

《橘颂》 屈原亮节高风

正是阳气升腾的暮春时节。

这是一个清晨的橘园。橘树上已初见绿叶，却尚有去年留下的几枚风干的残橘，缀在枝头上。园子的后面是一圈稀稀落落的篱笆，园子外是一片田畴。

春风吹进了园子，又绿了一地青草！婵娟抱着一具琴，姗姗走来，把琴放在亭子里的琴桌上。她撩了一下秀发，忽然又想起了什么，便沿原路返回了。

屈原一袭白色便衣，手执一卷帛书，在橘林中漫步。他不时攀弄残橘，闻一闻那从早已干枯的橘中倔强溢出的香气。

他伸出右手，摘了一枚橘子置于掌中把玩。

屈原徐徐步入亭中，坐在最高的一级台阶上。他展开手中的帛书轻声诵读，声音柔和而坚定：

辉煌的橘树啊，枝叶纷披。
生长在这南国啊，独立不迁。
绿的叶，白的花，尖锐的刺。
多么可爱啊，丰满的果子！
由青而黄，色彩多么美丽！
品德高洁，芬芳无可比拟。
植根深固，不怕冰雪霏霏。
赋性坚贞，又类仁人志士！

读到这儿，屈原心中激动不已。他把帛书放在膝上，又取出那枚橘子于掌中把玩，闭目玩味良久。

这时，宋玉抱着一条黄色小狗从外园的门进来了。他二十岁左右，头上绾着髻，正是青春好时候。宋玉见老师坐在亭前，便放下小狗，急忙走到屈原面前。

屈原用慈爱的目光看着宋玉说："啊，我正找你呢！你到什么地方去了？"他对这个聪颖且有才气的学生充满了喜爱之情。

宋玉说："我把园子打扫完之后，便带着小狗到外边去跑了一趟。"

屈原笑着说："很好，很好。春天嘛，人就应该活动活动筋骨才行，不然的话，就会更懒惰。你们年轻人有早起的习惯，是很好的事。"

说到这儿，屈原一手握橘，一手执书，徐徐从台阶上站起身来说："我方才写了一首诗，你要不要听一听？哦，咱们到亭子上去坐坐吧。"说罢，他转身步入亭中，在琴桌前坐下身来，随手将橘子放在桌子上，光滑如镜的桌面上出现了橘子的倒影。

宋玉跟进去，接过老师递过来的书卷。

屈原十指按在琴弦上，开始抚琴奏曲。

宋玉展开了书卷的前半部分，默默地念了一遍，抬头对屈原说："先生，您是在赞美橘子呀！写得真好！"

正在抚琴的屈原回答说："是的，前半部分是这样的，后半部分可就不同了。你读下去吧。"

宋玉又继续展读《橘颂》的后半部分：

啊，你的幼年志气，与众不同。
你独立不移，令我心中喜悦！
根深蒂固，难以迁徙，
那是超旷的无所求啊！
醒世独立啊，
像大江航行而不随波逐流。
内闭此心，自守缜密，
至终而没有过失。
执此本性，从无偏邪，

可配天地无私啊。
愿在岁寒俱凋之时，
我与你共为爱友。
善与美都不可动摇啊，
因为你耿直而有条理。
你年纪虽然少小，
可以为人师表啊。
志行比于伯夷，
我将以你为榜样！

宋玉读罢，十分喜悦地说：“先生，您这是写贤人高士啊。”

屈原的脸上浮现出赞赏的神色。他像期待着什么似的望着自己的学生，捋一捋飘逸的胡须，说：

“这是我为你写的。我也希望你能够当得起……”

屈原的十指又按在琴弦上，由于心情激动，竟一时说不出话来。他望着园子中的那一株株橘树，心潮起伏：是的，这些橘树喜欢太阳，它们也不怕霜雪。太阳光愈强，它们愈高兴；而即使霜雪愈猛烈，也不会使它们露出丝毫的愁容。它们那碧绿的叶子，就跟翡翠一样。季节一到，这些橘树便会开出花朵，那么清香，那么洁白。而它们的果实又那么圆满，色彩富于变幻，由青而黄，由黄而红。果实的内里，又这样有条理，纯粹且清白。果实的香味又是这样适口而甜蜜。但你要说它们是万事随人意，丝毫也没有一点骨气，可它们那周身的刺又是不容许别人任意侵犯的！这些橘树生长在南方，也就偏爱这南方，你根本无法迁移它们！

屈原缓缓地转过身，对站在身旁的宋玉说："我希望，你能够像这橘子树一样，独立不倚，凛然难犯。你……不要同乎流俗！不要同乎流俗！"

看到先生那期待的目光，宋玉觉得自己的心思像被先生看透了一样。他很明白先生这句话的分量：先生平生最敬重的人，就是那位古代贤人伯夷，宁愿饿死也不失节！宋玉那颗年轻的心剧烈地跳动起来，他激动地说道："我明白，先生。我就是一心一意要向先生学习。先生的学问我要学，先生的为人处世我也要学。不过，先生的风度太高，我总是学不像……"

"哈哈……我可也是个很平凡的人哪。你要学我的言行举止吗？专学人的言行举止，那不就成猴子了？我不也正向你们年轻人学习吗？我尽力地想向那纯真、朴素的老百姓学，尽力保持我年轻时的真诚、纯朴……这些话，我对你说过不止一次，你应该记得吧？"

宋玉回答说："是，我记得。"

宋玉的确记得。他想起了一件往事。

有一次，先生把自己写好的诗作分送给几个官员看，希望能从他们那儿得到一些有益的启示。不料，这些官员却都支支吾吾地不肯说，给出的也大多是“文辞华美”之类敷衍了事、不负责任的意见。到后来，终于有一个年老的官员站出来说：三闾大夫的诗太俗，也太放肆了一些，失掉了“雅颂”的正声。

宋玉听了之后，大吃一惊，连忙去看先生，却见先生紧闭着嘴唇，一言不发。

后来，有一次在屈原传授知识时，宋玉才听到先生自己的意见：“我要尽量打破那种‘雅颂’之音，我的诗作当然要放肆。我尽量地学老百姓，学小孩子，当然也会俗。‘雅颂’之音？哼，古古板板，让老百姓和小孩子们听来，好像是在听天书。可是话虽这么说，我年轻时毕竟也受过‘典谟训诰’‘雅颂’之音的熏陶，我的文章也不容易摆脱那种格调……”

看看高风亮节的先生，再看看园中那些正处在萌芽期的橘树，宋玉忽然觉得，先生和橘树融为一体了！再也分不出哪是人，哪是树！是的，也正如先生所说，在这个波澜壮阔、大起大落的时代中，在应该生的时候，就要明白地活着；在应该死的时候，就要慷慨地去死！

《九歌》 舞南后陷栋梁

幽深的楚宫内，南后郑袖正站在中央的台阶上，指挥着数个女史在明堂中布置着。女史们把一张美丽而威武的虎皮铺在王位上。在临近王位的左右两个座位上，她们又蒙上了豹皮。另有女史数人在左右房中拂拭着编钟、编磬、琴、瑟等乐器。

南后郑袖三十四五岁，身材颀长，身形矫健。她在明堂中缓步走来走去，不住地看看这儿，瞧瞧那儿，面露满意之色，丰满的脸颊上露出一丝微笑。

女史们感到很奇怪，平日里南后是不会也不屑于过问这些事情的，至多也只是在布置完毕后看一眼。今天会发生什么重大事情呢？南后可是个难以捉摸的女人，你永远也无法弄明白她心中在想什么。所以，女史们也只是在心里小心翼翼地揣测。

忽然，南后对女史们说：“你们倒还敏捷。我刚才还怕

来不及呢。现在还算好吧，一切都准备妥当啦。”

一个女史赶紧回答说：“启禀南后，不知您还有什么吩咐？那前面两房的帘幕，是不是现在就可以揭开了呢？”

“不啦，等筵席开始之后再揭开。歌舞的人都准备好了吗？”

女史回答说：“回禀南后，都早已准备好了。您看，西边的是准备唱歌的，东边的是准备跳舞的。”

南后思索了一下，说：“很好。我看，你们还应该把职守再分一下才好。你管堂上奏乐和行酒的事；你管堂下的歌舞。你们两个各自选几个得力的人做助手。等今天的筵席结束之后，我会奖赏你们的。不过……要是办得不漂亮的话，那你们可也晓得本后的脾气！”

满堂的女史都十分恐慌，害怕这处罚会落到自己的头上，于是都战战兢兢地说：“我们一定尽力办理。”

南后一挥手，女史们就分头准备去了。她迈步由阼阶走到中堂，在中堂来回踯躅，若有所思。

过了一会儿，忽然有女史报说：“上官大夫求见南后。”

郑袖脸上蓦地现出一抹笑容，但她很快收敛了笑意，命上官大夫进见。

靳尚是一位瘦削得像猴子般的中年人，鹰鼻鹞眼，两颊深陷，走起路来很是敏捷。看见南后，靳尚便赶紧趋前行礼：“敬请南后早安！”

南后微微一笑，略一答礼，便问道："上官大夫，我昨天晚上托你的事情，你办得怎么样了？"

靳尚回答说："请容小臣慢慢地向您表奏。我昨天去了三闾大夫屈原那儿，是怕陛下去了他那里，又会受到他的鼓动。陛下如果让屈原今天来陪客的话，那咱们的事情就不太好办了。好在陛下并不在那儿，我想一定是到令尹子椒家中去了。令尹子椒，那个昏庸老朽，简直就是个活宝贝……"

南后被靳尚这一番莫名其妙的废话弄得有点摸不着头脑。她对这位絮絮叨叨的上官大夫厌烦起来，忽然产生了一种骂他几句的念头，却又忍住了，便有点儿不耐烦地说："哎，你赶快直截了当地回答我的问题吧，你到底要兜多少圈子！"

靳尚这才截住了那滔滔不绝的话头，开始叙说他昨夜同张仪的会见。

昨天夜里，靳尚到了张仪住的馆中，把南后所送的礼物亲手交给了他。张仪看到南后的礼物如此丰盛，又是楚国的上官大夫亲自送来，心中万分感激。本来，张仪听说楚王已听从了屈原的劝谏，要和齐国重申和亲的盟约，并且正在草拟国书。张仪十分沮丧，便打算到魏国去，不想再回秦国去了。因为他从秦国带来的请求，楚王并未接受：楚国不肯接受秦国的土地，也不会和齐国绝交。这就使得他没有面目再回秦国去。因为当初临来之时，自己是在秦王面前夸下了海口的。现在，见此情形，事情似乎还有转机。

与张仪会见后，靳尚的任务就明确起来了，那就是要在尽可能短的时间内打破楚王对屈原的信任，使楚王答应秦国的请求。

说到这儿，靳尚的舌头变得流利起来："南后，这件事情须得您和我来个内外夹攻！陛下的性情和脾气您是摸得很熟的。希望您能把您的聪明多多发挥一下，我倒是成竹在胸的……"

靳尚想起了南后郑袖的一件往事，那就是她对付魏美人时采用的办法。从前，魏国送给楚王一位绝色美人。楚王一下子就喜欢上了这个有着沉鱼落雁、闭月羞花般容貌的可人儿，有一段时间竟然把南后也给冷落了。南后竟然出乎意料地没有表示出自己的嫉妒，反而特别关心魏美人，整日脸上笑眯眯的，显得比楚王本人还要喜欢她。因此，楚王也依然喜欢南后，还经常夸赞她不嫉妒的好脾气。

后来，南后选了一个风和日丽的好天气，拉着魏美人外出游园。游兴正浓时，南后忽然很随意地对魏美人说："大王什么都喜欢你，只是不喜欢你的鼻子。你以后见了大王，最好是把鼻子掩起来。这样，大王就会更高兴。"

魏美人竟然想也没想就听信了南后的话，还万分感激她。从此，她一见到楚王，便连忙用袖子把自己的鼻子掩起来，像要回避楚王一样。楚王开始倒没觉得怎么样，以为她有什么小病。到后来终于有些奇怪了，便向南后问道："那魏美人见了我为什么一定要掩着鼻子？"

南后说："她……她是嫌大王您身上有股臭气！"

楚王一听，顿时气得浑身发抖，立刻叫人把魏美人的俏鼻子割掉了。

这就是南后郑袖的手段。

靳尚看着眼前这个女人，心中不由得生出一丝冷意。南后也正拿眼看他，对他说："你有什么成竹在胸，不妨讲给我听听。"

靳尚诡秘地一笑，然后说："南后，我希望你把耳朵借给我。"

南后走近靳尚，把耳朵凑了过去。靳尚与之低语了一番。

忽然，南后摇摇头说："可是，你这主意并不十分可靠……我倒是也有我的机密，可以让你知道一些……啊，不，还是早了一点。'机事不密则害成。'你回头慢慢儿看好了，三闾大夫很快就会到我这儿来的……"

"怎么？屈原……会到这儿来？"

南后笑着说："是啊。我叫子兰去请他了，他一定会来的。你也不用多问……外面有人来了，你留意听！你可以走了。……还有，你引大王回来时要从那边进来，一定要叫女官先把左边门打开，再揭下帘幕，女官转身下去后，你们再

走进来。千万照着我吩咐的去做，一点也不准误了！”

靳尚虽然有点狐疑，但还是连连点头。二人都不再说话，只是支起耳朵，缄默地倾听，向左边方向注视着。

走来的两个人是令尹子兰和三闾大夫屈原。靳尚便悄悄地退了下去。

子兰和屈原走进明堂。一见南后，子兰便像立了一件大功似的喊：“妈，我把三闾大夫请来了。”

南后的脸上呈现出喜悦的神情。她一边向屈原走去，一边说：“啊，三闾大夫，你来得正好。我已等你好一会儿了。”

屈原恭敬地对南后行礼说：“敬请南后早安。南后可有什么事情吩咐臣下？”

“需要你帮忙的地方多着呢。陛下听了你的忠言，已决心不和齐国绝交了。张仪决定要到魏国去避秦王了。回头陛下要给他饯行，我准备了一些歌舞来助兴。哦，对了，就是按你的《九歌》排演的呢！这是非要请大夫来指示不可的……”没等屈原回答，南后又对子兰说：“子兰，你去把那出演《九歌》的舞师们都给我叫到这儿来。让他们都装扮好，先叫大夫看一看。”

屈原倒有点儿惶恐。他不知道南后心里在想什么，而他对这个满面笑容的女人也存着一丝戒心。“我冒昧地请问南后，您要我来，究竟要我做些什么事？”

南后妩媚地一笑，说：“啊，你看，我差点儿忘了。我请你来，刚才已经说过了，就是为了歌舞的事。大夫改编过的那些歌词，简直是优美极了，大王看了之后也是赞不绝口。所以我就按歌词之意编排了歌舞，想请你来给他们指导一下。”

“我是这样布置的，你看怎么样呢？在那明堂内室的左右二房里面陈列的是乐器，让乐师们在里面奏乐。唱歌的呢，就在西边的总章右房。跳神的就从那左边的青阳左房出现。单独跳舞的在这明堂之中各舞一遍，共十遍。同时把那些《东君》《湘君》《湘夫人》《山鬼》等都唱一遍。最后的轮回舞在这中堂跳，并把《礼魂》那首歌反复歌唱。不知三闾大夫你觉得怎么样？”

屈原对南后深鞠一躬：“那是再好不过了。”

这时，子兰已领着那些舞者来到了明堂。这些舞师都穿着奇装异服，头上戴着花花绿绿的面具，就如同巫觋跳神时候的装束打扮一般。

屈原见这些舞师完全是《九歌》中神灵的打扮，又涂抹得惟妙惟肖，恰似真神降临一般，不由得心中暗喜。你看这些舞师们是怎生打扮的：

第一人是尊神东皇太一，统领众神灵。他面色黛青，黑须满面，样子极为凶猛，右手握着一柄长剑。

第二人是云中君。他面呈银灰色，眼睛似星星一般，衣

饰极华丽。他左手执日，右手执月。

第三、第四人是湘君和湘夫人。这本是一双情侣之神，他们并排而立。湘君周身披着鲜艳的花草，还捧着一支笙；湘夫人则拿着一支排箫。

其余神灵也都装扮得形象异常，有大司命、小司命、河伯等。

众多舞师列队走到明堂内室前，整列阶下。

南后见他们都已准备好，便对屈原说："大夫，你看是不是让他们表演一下呢？"

说完，她一挥手，《九歌》的演奏便开始了：

十位神灵由青阳左房中出场，气氛热烈而欢快，庄严且肃穆。统领诸神的是东皇太一，他手按着镶玉的剑柄，满身的环佩叮当作响。他环顾四周的神灵们，满心喜悦地唱道：

闪亮的席子啊，宝石压在四方，
手捧着琼花啊，又是多么芬芳。
蕙草包着的祭肉啊，用兰草垫底。
还有那桂椒酿成的酒浆！
扬起鼓槌，敲起鼓，
节奏多么舒缓，歌声多么安详，
和着竽瑟的伴响，人们放声歌唱。
巫女啊姿态袅娜，穿着华美的衣装，

香气浓郁啊，弥漫着这整座庙堂！

而太阳神东君如初升的太阳出现在东方，他光照四方，辉耀着栏杆与扶桑。东君抚拍着驾车的马匹徐徐前行，黑夜顿时呈现出一片光芒。这舞师扮演的东君，手势舒展，舞姿优美动人，就如遍插的云旗，舒展飘扬。他似乎在回忆与众神相聚时的欢乐，眼中泛出一丝忧郁和怀念："我长长地叹息着，将要升入太空。眷恋故居，却又让我踌躇彷徨。优美的歌舞真使人快活，我和众神灵痴痴迷迷，将回家遗忘。"这时，他手中所执的弓箭似乎已无力再射向天狼星。

手把北斗，我舀一杯桂花酿制的酒浆，
拉起马缰绳，我高高地飞翔，
在幽暗的夜色中，我又驰向东方！

湘君和湘夫人上场了。这两位情意绵绵的神灵情侣，楚国上下是没有人不知道他们的。湘夫人是古帝唐尧的女儿，人称帝子。湘君便是舜帝，他因为南巡，死在苍梧山上，变成湘水神灵。

湘君站在明堂东边，望着对面的湘夫人，口中歌曰：

公主降临到沙滩上，

我望眼欲穿，满腹惆怅。
秋风阵阵，透体生凉，
洞庭扬波啊落叶儿飘旋。
我登上白薠高地啊极目远望，
本已约好啊，在黄昏互诉衷肠！

湘夫人也在急切地等待着约会的情人。她望穿秋水，却望不见一丝踪影，于是她悲伤地唱起了歌：

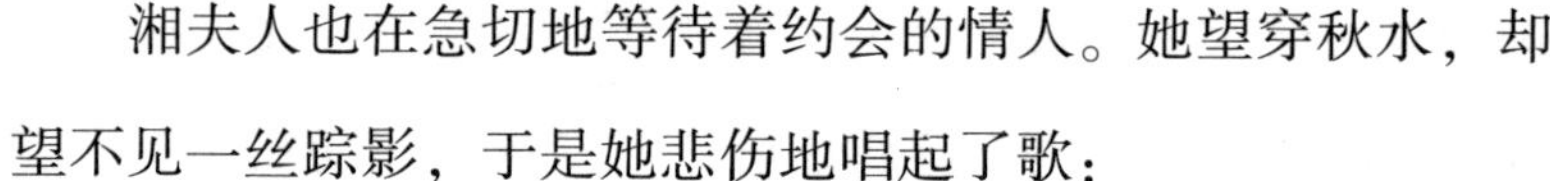

湘君啊，你为何犹豫不前，
为了谁，你在水边沙滩逗留？
我美好的身姿格外炫目，
在急流之中，我驾起了芳香的楼船。
我要沅水湘水风平浪静，
我要让长江水啊安安静静地流。

湘君仰起了头，自言自语地问道：“可鸟儿为何聚集在水草上？渔网为何仍挂晒在树梢上？”湘夫人和情人相距遥远，无法听见情人的埋怨：“盼望你啊，可是你没有到来。吹起排箫啊，我为谁思啊为谁愁？”

这时，湘夫人以为情人已背离了自己，她十分悲伤，唱起了哀怨的歌：

你驾着木舟向北而行，
却又背着我转道去了洞庭。
薜荔制的帘子，蕙草缝的帷帐。
香荪做的船舵，木兰织的旗旌。
我望着涔水之北的水边，
盼寻你在江面上的英灵。
可你的英灵啊始终未到，
连侍女也为我叹息不平。

“沅水有白芷啊，澧水有香兰，看到兰芷啊，就把你暗暗思念。恍恍惚惚啊，我向远方张望，但只见流水潺潺，流得那么慢。”湘君其时也是孤苦难挨，情人这么长时间还没来，他如何会不心焦？

湘夫人唱道：

心里想的两下不同，才会轻易感情断绝，
爱得不深啊，有媒人也是徒劳。
相交不忠诚，怨恨必然增长，
相约而不守信啊，还说没有闲时光。

明堂中众神灵翩翩起舞，湘君和湘夫人哀哀怨怨，缠绵

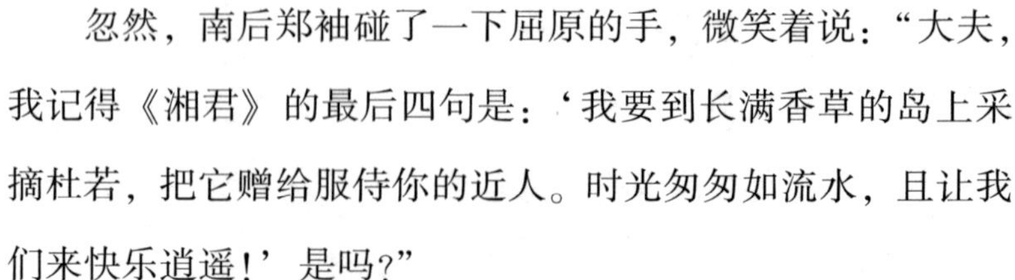

悱恻。

忽然，南后郑袖碰了一下屈原的手，微笑着说：“大夫，我记得《湘君》的最后四句是：‘我要到长满香草的岛上采摘杜若，把它赠给服侍你的近人。时光匆匆如流水，且让我们来快乐逍遥！’是吗？”

她把一双美目紧盯在屈原脸上，屈原不由得稍微有些慌乱，他正想说些什么，忽然听到南后呻吟起来：“啊，不好。大夫，我怎么忽然不舒服，头晕得这么厉害，我要倒了……”

南后一手扶住屈原，一手按在额头上，站在那儿摇摇晃晃的，像是要倒在地上一样。

“三闾大夫，你快，你快……”

话未说完，南后郑袖像支撑不住一样，一下子倒进了屈原的怀中。

屈原吓了一大跳，以为南后真的要昏过去了。因事起仓促，左右又没有侍从、女史，他急忙扶抱住南后，欲将南后搀扶到内室中的座位上去。慌乱之间，他也忘记了呼唤侍从。其实，就算他呼唤，附近也不会有什么人在。

正在这时，楚怀王和张仪、子椒、上官大夫等人从明堂门口迈步走了进来。一见到南后半躺在屈原的怀中，楚怀王和子椒一时都愣住了，上官大夫一下子明白了南后的用心，立刻叫道：“屈原，大王在此，你这是干什么？”

南后见怀王、子椒和上官大夫靳尚等已经来了，便忽然翻身用力挣脱，大喊道：“你快放手！你、你太出乎我的意料了！你这是干什么？大王……”

她双手捂住脸，向楚怀王飞奔过去，投入他的怀抱，嘤嘤地哭泣起来：“大王，你看三闾大夫做出这样失礼的举动，我怕得要死。要是传出去，我和子兰怎么活呀？大王和王室的尊严往哪儿搁？……幸亏你回来得好，吓死人了！我想三闾大夫怕是发疯了吧？……”

屈原这才明白，自己原来是上了南后的当，南后的用心何其险恶！屈原感到一阵前所未有的恶心感涌上喉头，他看着这个狡猾、毒辣的女人，含怒说道：“南后，你……你也太不自重了！你欺人太甚！”

怀王勃然大怒，喝道：“疯子！我不准你再说话！我也真没有想到，你三闾大夫竟会在这样大庭广众之下做出这种可耻的事来！”

怀王又安慰南后道：“郑袖，你放宽心，用不着害怕。”他扶着南后走上台阶，想把南后送入内室安歇。

屈原跨上两步，拱手施礼道：“大王，请容小臣申辩！”

楚王稍微停了一下，傲然地说道：“没什么可说的。我不能再容许你狂妄自大。我一直把你当成是有德行的人，是忠心于国家的人。你在人前讪谤，说我怎样好大喜功、喜怒无常，我可以容恕你。你说楚国的大事大计、法令规章，都

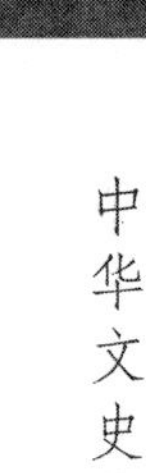

出于你一人之手，我可以容恕你。你说别人都是谗谄奸佞，只有你一个人是忠心耿耿，我也可以容恕你。但你怎能在大庭广众之下，对南后做出这种狂妄的举动！”

“大王，这是诬陷！”

“诬陷？”怀王更加怒气冲冲，他指着自己的鼻子说，“我诬陷你？南后诬陷你？我还能够信得过自己这双眼睛，我还不是瞎子！你马上给我出去，永远不准到宫中来了！”暴怒至极的怀王颤抖地指着大门。

屈原知道已不可能在怀王面前洗清自己，再多说也无益，便朝怀王恭敬行礼后，沉痛地说：“大王，你自己要保重！”说完，便朝门口走去。刚走到门口，屈原又转过身来，看着佯装瑟缩的南后说：“南后，我真没有想到你会这样陷害我！皇天在上，后土在下，先王先公，列祖列宗，我问心无愧，自有千秋判断。你陷害的可不只是我一个人哪，是我们祖先留下的整个楚国啊！”

说完，屈原迈步跨出大门，头也不回地走了。

这时，被南后找来跳舞的舞师们仍未退场，三三两两地散于明堂内。楚怀王看着这些花花绿绿的人，厉声大叫道：“疯子！疯子！把这些鬼鬼怪怪，统统给我赶出去！赶出去……”

《招魂》 屈大夫无知己

楚国令尹子椒急匆匆地赶到了屈原府上。这位老眼昏花的令尹已不自觉地参与了扳倒屈原的演出，而他自己还认为自己是非常公正的呢。

“三闾大夫回来了吗？”

宋玉赶上来迎接，回答说：“启禀令尹，先生是回来了。不过，先生的精神状态很不好，他说他不愿意和任何人见面。现在大概在前面休息吧。”

这时，令尹子兰也赶到了屈原家中。子椒赶上前去问子兰：“你见到三闾大夫了吗？”

“我是见到先生了。他的衣服也脱了，帽子也摘掉了，气愤愤地只是说气得像要爆炸一般。我让他穿衣服他也不穿，让他戴上帽子他也不戴，让他喝水他也不喝，只是说谁陷害了他，但陷害了的又不是他，是咱们整个楚国。真是叫人听得莫名其妙！”

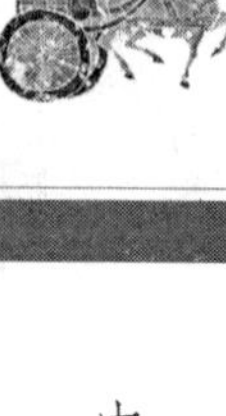

子椒叹息道：“想不到连三闾大夫也成了这个样子啦。我看，他的病实在是很重了……”

子兰接过话头说：“要不，就去请位巫师来替他招魂吧？”

“……也好，他是失掉了本性啦。”子椒回答说。他转过身来，拍着宋玉的肩膀，摇了摇头发花白的脑袋，说：“我和你先生是多年的同殿旧臣，我希望大夫能够好起来。你是聪明的孩子，我看你听我的话，务必要替他招招魂灵。”

旁边的几位乡民也纷纷赞成子椒，七嘴八舌地议论起来，商量着应该怎样替屈原招魂。一位老者对众人说：“各位乡亲，现在就麻烦你们去扎一个草人来吧！咱们平时都是挺敬佩三闾大夫的。到了这种时候，也应该出一出力气！”

一位后生便跑回家中，取了一把砍柴用的大砍刀，对仍然迟疑不决的宋玉说：“宋玉先生，你还等什么呀，快点准备，越早越好。扎草人最好是用这儿的竹子，因为大夫家中的东西用起来比外面的作用更大。”

说完，后生便要去砍园中的翠竹。其他乡民有的去找斧子，有的去找绳子，准备扎一个像模像样的草人儿。

宋玉见后生要砍竹子，心中不禁一颤。因为这竹子是先生平时特别喜爱的，是特意让自己从苍梧山上挖来种植的。这种竹子名叫湘妃竹，竹叶婆娑，竿节挺拔俊秀，竹竿上有斑斑点点的痕迹，极似人的眼泪滴上所致。相传，舜帝的女英、娥皇二妃，终日在家盼望南巡的舜帝回来，不料舜帝却死于湘江。二妃得知消息后，终日立于苍梧山上南望哭泣，眼中泪尽滴血。二妃的泪珠洒在身旁的翠竹上，便有了这种有名的湘妃竹。先生平日是极喜欢这种竹子的，还做了一支洞箫，闲暇时常在园中的小竹林旁呜呜咽咽地吹着。现在要砍掉它，先生不会生气吗？

宋玉刚要制止，老者说："宋玉先生，你难道不想让大夫快些好起来吗？现在也顾不得这么多了，不就一两根竹子吗？只要先生能好起来就行。"

说完，他便催促宋玉去把屈原平日穿的衣服取一件来。

宋玉迟疑了一下，便进屋去找屈原的衣服。

老者摇摇满头白发的脑袋，叹息着说："唉！真是天有不测风云。人太固执了，实在也是招祸惹麻烦的事。"

说话间，乡民们已把一个草人扎好了。

老者赶紧把草人抱起来，走到一个长满青草的小土堆上，对周围的乡民说："现在是赶急，越快越好。要不，先生的魂灵就越走越远了。你们大家先来做一套法事。大家先围成一个圈子，宋玉先生，你过来站在这儿。等我开始施法的时候，你们齐唱那首《礼魂之歌》，要一面唱、一面转着圈子跳，绝对不能停下来。"

"快点开始吧。"老者又说道，"还要几位亲人的鲜血滴在草人头上，要童男、童女的血才行。三闾大夫没有亲人在场，可以用宋玉先生的血。宋玉先生，你来，把你的手指头刺破，滴几滴血在这草人的头顶正中间。”

乡民们见宋玉有些迟疑，便纷纷说：“你连这一点孝心都没有吗？我们都来帮忙了。你可是三闾大夫最喜欢的学生啊。”

招魂仪式开始了。乡民们一起低声唱起了《礼魂之歌》。老者拿起屈原的衣服，走到草人面前，弯腰向他行了三礼。

唱着歌，打着鼓，
手拿着花枝齐跳舞。
我把花给你，你把花给我。
心爱的人儿，歌舞两婆娑。
春天有兰花，秋天有菊花，
馨香百代，敬礼无涯。

乡民们转着圈子，对着草人唱了三遍。

老者道：“《礼魂之歌》已毕，请再滴血。”

宋玉走到草人前，从老者手中取过匕首，刺进右手的中指尖，血珠一滴滴地落在草人头上。

老者举起衣服，像挥舞旗帜一样将衣服在空中来回招展，口中念道：“东皇太一，赫赫明明。大小司命、云中之君，请你们一齐来鉴临。今有楚三闾大夫屈原，魂魄离散。邻里乡党，为之招魂。敬求各大明神怜鉴，将其魂魄放还故乡。”

祝祷完毕，老者把衣服裹在草人身上，又弯腰对草人行垂拱礼，然后抱起草人，向东方举起。他拖长了声音，慢声叫道：“三闾大夫呀，你快回来吧！”

这喊声在宋玉的耳朵中却是充满了悲怆。

乡民们同声叫道：“三闾大夫呀，你回来吧！”

老者的声音渐渐地高起来：“你不要到东方去呀，东方有一千万的魔鬼，专门找灵魂来吃；东方有十个大太阳，连金石也会被熔化掉。三闾大夫，你回来吧，南方是不可以托身的。你不要在南方停留，南方有吃人的蛮子，头上雕着花，牙齿是漆黑的；还有吃人的蟒蛇，吃人的大狐狸，吃人的九头蛇，它们会把你吃掉的呀！

“你不要到西方去呀，西方有千里的流沙，你滚进去便会烂掉。西方还有和象一般大的红蚂蚁，和葫芦一样大的黑马蜂，会把你蛀得精光的。三闾大夫，你回来呀！你不要到北方去，北方是一片片雪海冰山，草也不能生，木也不能长，那里会把你冻伤冻死的！三闾大夫，你回来吧！

“你不要到天上去，天上有九重天门，每重门都有虎豹把关。还有九头的神怪，赶着一大群豺狼，专等把人抓起来投进深渊，直到上帝说话人才会得救。三闾大夫，你回来

吧！你也不要到地下去，地下有土伯把守，三只眼睛两只角，头像老虎身如牛，它把人捉去当点心，背脊隆起鲜血满手，你千万不要去呀！你回来吧，回来吧，三闾大夫！”

老者闭上眼睛，浑身颤抖，呈极度惊惧状。他站在小土堆上，抱着草人开始打转，如风在林中回旋。

“三闾大夫，回到你的故乡来吧。你看，你的橘子园在这儿，你的亭台在这儿，你的婵娟在这儿，你的宋玉在这儿，你的好友和邻居在这儿。这儿很安全，回来吧，三闾大夫。故乡有贤淑的少女美丽如花，有明堂高宇舒适无比，有肥牛美羔非常可口，有琴瑟箫鼓动人耳目……你回来吧，三闾大夫，不要在天地四方停留，回到你的故乡来吧。”

这时，园门“咿呀”一声开了，屈原身穿黑色长衣，披散着长长的头发，从园门中缓步走了出来。宋玉等人都在回旋呼唱，竟没有看到他。

屈原站在园门口看了一会儿，愤愤然地走到众人面前，大声说：“你们这是在干什么呀！”

园中一下子静了下来，老者、宋玉等人都愣住了，呆呆地看着屈原，好像是中了魔一样。良久，老者才上前一步，对屈原施礼道：“先生，我们正替你……替你招魂呢！”

“谁要你们替我招魂？你们要听那奸诈娘儿们的话，说凤凰是鸡，说麒麟是羊子，说龙是蚯蚓，说灵龟是甲鱼？你们要听那奸诈小人的话，指芝兰以为臭草，指菊花以为毒草，指玉石以为瓦块，指西施以为嫫母？谁要你们替我招魂？”

屈原伸手从老者手中抱过草人，剥下它身上的衣服，要将草人远远地扔掉。老者急忙制止，着急地说：“大夫，我们可都是好意啊！”

屈原叹息一声，将草人掷在地上，说：“刚才屈原不该对众位乡邻发火，屈原在这儿给大家赔礼了！我知道大家都是好意，我也一并谢过了。可我并没有丢失灵魂，更不是外面人所说的疯子。请大家放心吧……”

老者接过话说道：“只要先生安好，我们大家就都放心了。先生，你可要保重身体啊！楚国上下，谁不盼着先生你安然无恙？我们……我们还要先生替我们大家办好事，治理国家的呀。”

屈原感动地说：“谢谢大家的关心。我不会轻易失掉信心的……”

他转过身来，望着园中的橘树，不由自主地吟咏道：

后皇嘉树，橘徕服兮。

受命不迁，生南国兮。

……

《离骚》 一卷山鬼恸哭

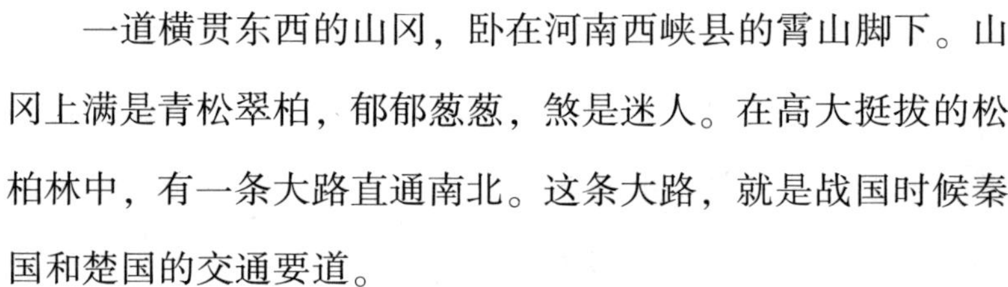

一道横贯东西的山冈，卧在河南西峡县的霄山脚下。山冈上满是青松翠柏，郁郁葱葱，煞是迷人。在高大挺拔的松柏林中，有一条大路直通南北。这条大路，就是战国时候秦国和楚国的交通要道。

那年，秦王派了说客张仪出该楚国，张仪在楚国勾结了南后郑袖，凭三寸不烂之舌说动了楚怀王，言以商于六百里的地方割送楚国。楚怀王竟然相信了这空口无凭之说，断绝了和齐国的友盟关系。谁料张仪见齐楚盟约已破，便诡言秦国只有数里地方可以赠送楚国。

楚怀王盛怒之下，便不顾秦楚形势，大举出兵讨伐秦国，欲报这羞辱之仇。

任三闾大夫怎样苦谏，怀王都不肯改变出兵的主张，反而骂屈原是懦夫。

这年深秋，寒风骤起，把树上的黄叶扫进了霄山的深谷，被冷霜打枯的菊花也低头颤抖着。自信定能胜利的楚怀王终于出兵了。这一天，霄山山冈的官马大道上，忽然嘈杂起来。楚国的军队，川流不息，刀枪剑戟，寒光闪闪，人声喧闹，战马嘶鸣。

前面不远处就是秦楚两国的边界了。

怀王让大队人马在山冈会齐。稍事休整后，便在军中杀猪宰羊，奏起军乐。祭旗毕，将士们已备好鞍马，剑出鞘，弓上弦，马上就要出征进入秦国境内了。

正在此时，忽听后面传来紧急的马蹄声。回头一看，只见一个侍从，从山冈东边的大道上飞马而来。他满头大汗地滚鞍下马，急匆匆地拦住了怀王的战车，叩头在地："启禀大王，三闾大夫屈原马上就要前来军中叩见陛下了。"

怀王一听"屈原"二字，就像被人从背后戳了一刀，猛然一停，问道："三闾大夫……他，他真的追来了吗?"

那侍从跪在车前，战战兢兢地说："是啊，大王。三闾大夫得知大王率兵伐秦的消息以后，从江陵出发，日夜不停地追赶，他为了楚……"

怀王不待那侍从把话说完，就不耐烦地把手一挥，让中军继续驱车前进。当车轮朝秦国方向启动的刹那，怀王回过头来，对侍从说："你赶快回去告诉屈原，就说寡人感谢他的一片苦心，让他不要再管这伐秦之事了，吾意已决!"

那侍从眼望着怀王西去的战车，长叹一声，扭过身来，

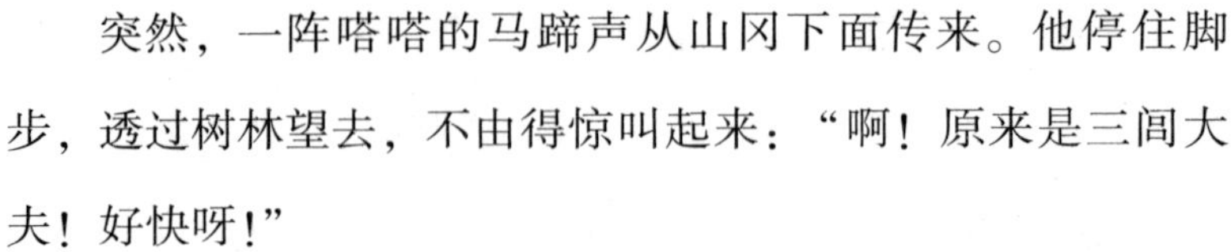

拖着沉重的脚步，边走边思索着如何向屈原转告怀王的话。

突然，一阵嗒嗒的马蹄声从山冈下面传来。他停住脚步，透过树林望去，不由得惊叫起来："啊！原来是三闾大夫！好快呀！"

转眼的工夫，屈原骑的骏马已风驰般地登上了山冈。屈原一勒缰绳，骏马长嘶一声，后蹄人立，在侍从面前停住了，马身上的汗水涔涔流下。

屈原在马背上听了侍从的回话，立即两腿用力把马一夹，扬起鞭子，策马要去面见怀王。

那侍从猛跨几步，上前死死拽住了屈原的马缰绳，一边流泪，一边用颤抖的声音说："三闾大夫，您……您就死了这条心吧。您三番五次规劝怀王，怀王都不听，难道您还不明白吗？如果您再激怒了他，谁知道还会有什么灾难落到您头上……"

屈原在马背上轻轻抖了抖缰绳，说："文死谏，武死战。我三闾大夫至多也不过是死。你是楚国的子孙，我也是祖宗的血脉啊！你放手吧！"

话音未落，他朝着马身上抽了一鞭。马儿长嘶一声，四蹄翻腾，"嗒嗒嗒……"向冈前飞奔而去。

不大一会儿，屈原就在西边山冈上，赶上了怀王的战车。

屈原翻身下马，拱手叩见怀王。怀王却全然不理睬，继续西进。

屈原见怀王战车不停，面如冰霜，便把心一横，心想：今儿个即使大王的战车把我碾成肉泥，我也要拦住他的去路。于是，他几个箭步，奔到了怀王马前，拦在大道中间，双膝跪下，请求怀王说："请大王听一听臣言。"

怀王没了法子，只好走过去，怒气冲冲地命令车子在屈原面前停住。

屈原磕了一个头，站起来说："大王，臣到此……"

怀王一挥手中的长剑，冷笑一声，耸起眉毛，打断屈原的话头说："你千里迢迢追赶到这里的用意，我早已知道了，是不是不让我出兵？"

屈原答道："臣日夜奔波，追赶大王，正是此意。请大王三思：六国只有结成盟友才有希望共同抵御强秦，切不可中了秦王挑拨离间的奸计。秦国乃虎狼之国也，岂可小觑？大王这次率兵伐秦，孤军深入，臣担心……"

怀王早就听厌了屈原的这些道理。眼下正当出兵伐秦的非常时期，屈原不祝楚军出师大捷，反而半道来拦车阻谏，说出这些不吉利的话，怀王不禁火冒三丈，当即指着屈原喝道："屈原，我本念你是楚祖同脉，忠心保楚，是以从前你多次违反我的旨意，我都没有拿你问罪。谁知你竟不知天高地厚，又赶来拦截大军战车，扰乱军心。你、你……"

屈原知道怀王此征必将败北，所以早已把生死利害置之

度外，一心要劝得楚军回撤。他双目炯炯放光，大声说道："大王，切不可中那说客张仪的诡计。想秦王的用心何等险恶奸诈，请大王三思为是！"

怀王厉声喝道："我这次出兵伐秦，正是为了报张仪欺辱的仇恨。若是破了咸阳，一定把他刀剁斧劈，割碎他的三寸不烂之舌，也夺回六百里疆土！"

屈原心中很是沉痛，他沉重地说："大王若是逞一时之怒，凭意气用事，轻易出兵，孤军深入不测之地，必将……"

怀王忙问道："必将如何？"

"必将败北！"

怀王勃然大怒："我今正在出兵，你不盼大军胜利班师，却这样口出不祥话语，我……我恨不能杀你祭旗！"

楚军将士纷纷跪倒，恳求怀王饶恕屈原。怀王瞪了屈原一眼，怒道："起去！从此以后，贬你为平民！传令，继续前行！"

屈原伫立在高高的山冈上，眼望着西去的楚军将士，两行泪水从脸颊上滚滚而下。先前，无论受了多大的误解与委屈，他从没有掉过一滴泪。而现在，他再也无法忍住泪水了。一想到这些楚国子弟即将战死在异国他乡，连骨骸也不能回到故土，屈原真是心如刀绞。

楚军的旗影最后消失在天边，屈原怀着绝望的心情，迈着沉重的步子走下了山冈。他低下头来，看见了被秋霜打蔫的野菊花。这些在楚国土地上生长的野菊，即使干枯得没有了一丝水分，却也不曾有半点花瓣飘落在风中！

屈原俯下身，伸手摘下一朵完全干枯的野菊花，捧在手心，久久地凝视着。

忽然，身后有人轻轻地呼唤他：

“大夫……您上马吧……”

屈原转过身，原来是自己派遣的那名侍从。侍从也是两眼泪水，凝视着三闾大夫那清癯、疲惫的脸庞。

两个人就这样泪眼相对着。突然，侍从双膝跪下，以头叩地，止不住大哭起来：“三闾大夫……”

“咱们也该回家了。”屈原弯腰拍了拍年轻侍从的肩膀，然后上了马。

回到郢都，屈原奋笔写下了流传千古的《离骚》：

帝高阳之苗裔兮，朕皇考曰伯庸。
摄提贞于孟陬兮，惟庚寅吾以降。
皇览揆余初度兮，肇锡余以嘉名。
名余曰正则兮，字余曰灵均。
……

屈原的书案上放着那朵从霄山山冈上带回来的野菊花，

和这篇《离骚》册卷一同散发着奇妙的天地之幽香：

日月忽忽啊，没有淹留，
岁月春秋啊，如水奔流！
草木在秋天纷纷零落啊，
正如美人走向了迟暮！
我心内忧惧啊，弃秽从善，
想要改变这故园的法度！
骑着良骥如风驰骋啊，
我愿为诸贤来披棘开路！
……
我踏着先生的足迹，奔走四方，
却无人体察中情！

婵娟走进书房，将一碗清茶放在先生的案桌上。屈原放下笔，伸出右手，将那朵枯菊拿起来，轻轻地搁在茶碗中。枯菊受到热水的浸润，慢慢地舒展开来，似乎又恢复了原有的光彩。

屈原端起茶碗，对婵娟说："你看，这朵枯菊，是我从霄山摘回来的。这种花，是宁肯在枝头上枯死，也不会随风四处飘零的。我希望，婵娟，你也能够像菊花一样。唉，真应该为这菊花写篇颂扬的文章，或者作一首诗也行……很可惜啊，现在没这机会了。婵娟，你……”

先生抬头看了一眼婵娟，又说：“你不会哭吧？不要把眼泪这东西看得那么不值钱。你要是哭了，那就不是先生的学生了，是吧？”

婵娟明白先生的心意，便轻声而坚决地回答道：“不会的，婵娟不是随便流泪的怯懦女子……”

“那就好，那就好。”屈原端起茶碗，将泡有枯菊的茶水一饮而尽，赞道：“好茶！”

婵娟不敢再在先生面前停留，怕自己会控制不住眼泪，便转身轻轻地退出了书房。

过了不久，忧心如焚的屈原终于得到了前方传来的战报：怀王孤军深入秦地，军队疲惫，半路上又中了埋伏，为大将白起率奇兵围困，终至丢盔损甲，全军覆没，怀王也成了秦军的阶下囚！

屈原虽早已料到会有这种结局，但仍然完全被击垮了！一夜之间，屈原愁白了头！

他日日夜夜徘徊在汨罗江边，吟咏着为这次楚军惨败而写的《国殇》：

手执吴戈啊身披犀甲，
战车交错啊短兵相接。
旌旗蔽日啊敌人如云，

流失纷坠啊勇士争先。
犯我阵地啊践我行列，
左骖已死啊右骖亦伤。
车轮阻陷啊四马不前，
击鼓轰鸣啊玉槌紧敲。
天怨神怒啊杀气升腾，
战士死光啊横尸原野。
大军出征啊无人生还，
平原苍茫啊路途遥远。
佩带长剑啊手握良弓，
首身虽离啊心不可屈。
以身赴死啊勇往直前，
神志刚强啊不可侵凌。
躯体虽死啊英灵不泯，
魂魄威武啊鬼中亦雄。

后来，有个传说在老百姓中间纷纷流传：

有一天，屈原独自在外面流浪，忽然听见野外有几个人正在嘤嘤地哭泣，他们涕泗交流，甚是痛心。屈原细看时，原来是几个人正趴在荒野的坟堆上痛哭不已。屈原上前问道："请问众位父老，家住哪里？这坟里埋的是什么人？"

那几个痛哭的人听见有人问话，连忙抬起头来，答道：

“原来是三闾大夫。大夫，我们这些人都已经离开了人间阳世啦!”

“哦！难道你们都是阴间的鬼吗?”

“是啊，大夫，我们都是阴间之鬼啦。”

“那么，你们是遭到什么冤屈而死的吗?”屈原说道，“有冤屈的话，可否说与我听？我替你们申冤。”

“不是，大夫。”这几个鬼魂说，“我们听人们念诵您写的《离骚》，想想您的忧国之心，再想想我们自己，真是枉做了一辈子人，所以就不由得哭了起来。”

“啊，原来如此。”屈原感慨地说，“败坏了楚国的并不是你们这些人啊，而是一群奸邪小人。要是人人都像你们，楚国就好了。但愿你们的子子孙孙，都能为咱们的楚国出一分力。”

屈原说完，鬼魂们都连连点头，朝他鞠了一躬，便隐去了。

于是后来有诗云：“芳草写孤忠，一卷《离骚》山鬼哭。”

《风赋》 襄王兰台受谏

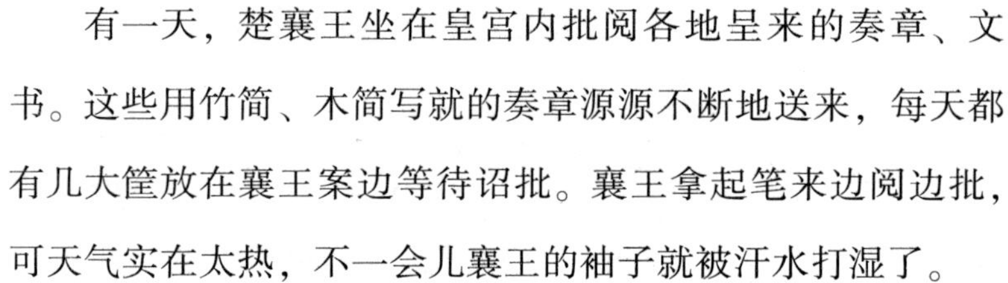

有一天，楚襄王坐在皇宫内批阅各地呈来的奏章、文书。这些用竹简、木简写就的奏章源源不断地送来，每天都有几大筐放在襄王案边等待诏批。襄王拿起笔来边阅边批，可天气实在太热，不一会儿襄王的袖子就被汗水打湿了。

襄王实在不耐烦，把手中的木简一扔，叹了一口气说："做个帝王也实在不容易啊！"这时，侍从宋玉正好在旁，便趁机对襄王说："大王何不出去游览一番？"

襄王一听，正中下怀，便带着宋玉、景差数人，着轻便衣裳，往兰台宫而去。远见兰台宫高高低低，错落有致，廊回竹修，檐牙高啄，但并无几个人在内。襄王登上高处，极目四望，顿觉心旷神怡，远山近水尽收眼底。襄王整天厮守在宫闱之内，今日见到如此好景致，如何会不高兴！酷热之感似乎也缓解了不少。

突然，一阵凉风飒飒而至，襄王情不自禁地敞开衣襟，让这清风尽情地吹拂自己的身体，禁不住喊道：“痛快！痛快！”他吹了一阵清风，遍体凉爽，十分舒畅，便回头对宋玉说：“这阵风可真是痛快呀！是不是老百姓也和我一样舒服地让风吹呢？”

宋玉略一犹豫，趋前一步说：“这阵清风是只能供大王自己享受的，老百姓哪儿能和大王共同享用呢？”

襄王本来没太在意，听宋玉这么一说，反而奇怪起来，就问他：“风本是天地的气息，说来就会来的，不会只选高贵之人，也不会独择卑下之人。你却说这是仅供寡人享用的风，难道还有什么说法不成？”说完，他疑惑地看着宋玉。

宋玉微微一笑：“小臣不敢胡言乱语。小臣从老师那里听说，树枝屈曲处鸟就做窝，有空隙的地方就会有风吹来。”

襄王又问：“那么，风最初是从哪里产生的呢？”宋玉略一思索便回答说：“风生于大地，起于青苹末端，渐渐地进入山谷，如果遇到大山洞口就会猛烈地刮起来。沿着大山，在松柏树下盘旋回舞，飘忽激荡，大声怒吼。这风呀，就会像轰响的雷声，掀动了沙石，折断了林梢。到了它要弱下来的时候……”话未说完，襄王就哈哈大笑，有点嘲讽地对宋玉说：“难道这就是大王之风吗？何以见得不是庶民之风？你莫不是奉承？”

宋玉却不慌不忙地说：“请大王容许小臣把话说完。风力渐衰的时候，就会四处分散，只能吹进小洞孔摇动门闩了。这

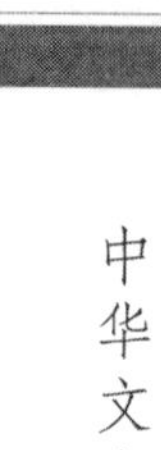

时微风徐徐而来，草木泉石都呈现出绚丽之彩。而清凉的微风飘飘扬扬，越过高大的城垣，悄悄潜入深邃的宫苑。桂花和椒实被微风吹动，香气四溢，在枝叶间徘徊幽潜……"

刚说到这儿，有人前来兰台宫叩见襄王，报说："太子令尹求见。"襄王正听得津津有味，便把手一挥说："在外稍待。"宋玉便接着说："清风经过各种香木花树，徘徊在中庭，从门窗吹进宫殿，潜入内室和罗帷，于是得以成为大王之风。风能让人爽快舒适，并能治愈疾病，解除醉意；能让人耳聪目明，身体安康。这就是大王的雄风哪！"

襄王大喜道："说得好极了！那么，庶民之风是什么样子的，能说给我听听吗？"

宋玉又回答道："庶人之风，从陋巷之间猛然刮起来，卷着尘土横冲直撞，郁怒不平；搅起一股股混浊、肮脏的垃圾碎物，敲打贫苦人家的破瓮口做的窗户，一直闯到居室之中。所以吹到这种风的人就会变得忧郁、烦闷。因为呀，庶人之风带来温湿之气，招致湿病，侵入内心就会使人十分痛苦，还会使人生热病致人发烧。这股风碰到嘴唇就会使嘴唇生疮，吹到眼睛中就会使眼睛患病……"

楚王担心地问："人会死吗？"

宋玉说："人被庶人之风吹刮后嘴巴抖动，中风后人既不能很快死去，也不能迅速痊愈。"

襄王默默无语。

《九辩》 赋宋玉葬秋魂

楚怀王听信了南后郑袖、令尹子兰、上官大夫靳尚、秦相张仪等人的谗言，疏远并放逐了屈原。宋玉听到这个消息以后，真是绝望极了。而不久，更令他绝望的消息又传到了郢都：屈原投汨罗江自杀了。

宋玉欲哭无泪，他无望地想：“婵娟先死了，现在先生也死了。只撇下了我一个人，我该怎么办？”

一刹那间，他脑中闪过了“死”这个字，可这个字却让他感到战栗。他不是个会勇敢地去死的人，于是他就宁愿不想，也不敢想。

而这时令尹子兰又来拉拢他。

昨天晚上，令尹子兰悄悄地跑来找他，也没带随从，而且穿了一件平日里不穿的玄色衣裳，就连平时戴的高冠也不见了。

宋玉听见轻轻的叩门声，不禁心跳加速。明知道无济于

事，他还是抓紧剑柄，大声问道："谁？是谁在敲门？"

"师兄听不出来吗？是我呀，子兰。师兄你开门吧！"子兰答道。

宋玉这才放下心来，他生怕楚王会派刺客来谋害他，以不让屈原的事情有一丝一毫的泄露，来达到斩草除根的目的。他相信子兰不会趁现在害他，便放下了剑，轻轻打开门。

"啊，原来是子兰，快进来吧。"

经过一年多的折腾，师兄弟二人之间已经产生了莫大的嫌隙，再也没有以前同在屈原门下学习时的友好和融洽了。所以二人见面时虽然依旧是谈笑风生，却彼此都明白：只不过是面上好看罢了。

二人坐下后，子兰问道："师兄，先生的事你大概知道了吧？"

宋玉默默地点了一下头。他正在揣测子兰此行的用意，还在考虑用些什么话来应付时，忽然听到子兰单刀直入地问："先生不在了，师兄意欲何往？"

宋玉猛然闻听此言，大吃一惊，几乎要跳起来，但他终于还是控制住了自己。子兰问得太尖锐了，一下就问中了自己的心思，实在不知该如何回答。

"父王因为不听先生的忠谏，陷入了秦国重围，终于没能回到咱们楚国，被迫留在了异乡。母后现在已经后悔了，她说当初不该轻信张仪的胡说八道，把先生给放逐了，以致把楚国弄成了这个样子。母后现在是后悔莫及，所以又想把你请出来治理朝政，像先生在的时候一样。这样，楚国才会强大起来……母后是极敬佩师兄的才学的，她非常喜欢你写的文章……”

宋玉一边听着令尹子兰的话，一边用手不停地捏着衣角。虽然从脸上看不出有什么神色变化，但他的内心却没有这么平静。他的脑海中站着两个人，一个是屈原，一个是南后郑袖，两人都怨恨地瞪视着对方。

宋玉痛苦地思索着：到底是先生对呢，还是南后对？我应该跟随先生呢，还是依从南后？这种激烈的思想斗争几乎使他的脑袋都要裂开了，他不得不用手支撑着额角以减轻这种负压。坐在旁边的子兰却不慌不忙地呷了一口清茶，他甚至是用欣赏的目光看着宋玉，让自己从中得到少有的乐趣。他相信坐在眼前的这个文弱书生——自己的师兄，是会屈服的。母后的计策真是太高明了！

宋玉也的确是一只笼中之鸟。

令尹子兰站了起来，用柔和的声音说：“师兄，你先考虑考虑，过两天我再来听你的答复。”

宋玉也站起来，木然地说：“好的，好的……我……就不送你了！”

子兰走后，宋玉在屋里呆呆地站了好久。不知过了多长

时间，窗外雄鸡一声晨鸣，宋玉才意识到，曙光已透窗而入了。而这一声鸡鸣，却带来了无限的秋意，无限的悲凉！

宋玉推开门，走出了庭院。

现在已是秋天，一夜白露在草尖上颤颤欲坠。盛夏时生机盎然的各种树木已收敛起各种颜色、各种芳香，好像一切有生命的东西都被一只无形的手深深地攫取而且收藏起来了。树叶已没有了嫩绿的色泽，在枝头上抖抖索索，不时随秋风萎落在地，而树枝也都在虚空中高跳着，令人悲哀不已，仿佛这一切都有了无可救治的内伤。

燕子已翩翩辞归南方了，蝉儿清寂无声，再也不似夏天。尤其是那一行孤雁，嘎嘎地鸣叫着，迫切想回到南方故园。

宋玉边走边看，沿途的景物都叫他异常伤心。他在一株花树前停下来，手攀住花枝暗自哀伤：蕙花曾经那样盛放于华屋，但为何花枝繁茂却没有结出果实，而都随着秋风秋雨飘落在淤泥之中了？

太阳早已出来了，却被层层浮云遮蔽起来。宋玉抬起头，望着浮云蔽日，长叹不已。

宋玉在外面游荡了一整天，像个荒野孤魂似的。直至天已黄昏，他才回到家中。

这一夜，宋玉伏案写了一篇著名的《九辩》，用这篇赋埋葬了过去的自己：

悲哉！秋之为气也。萧瑟兮，草木摇落而变衰。憭栗兮，若在远行；登山临水兮，送将归。泬寥兮，天高而气清；寂漻兮，收潦而水清。憯凄增欷兮，薄寒之中人。怆怳懭悢兮，去故而就新。

坎廪兮，贫士失职而志不平。廓落兮，羁旅而无友生。惆怅兮，而私自怜。燕翩翩其辞归兮，蝉寂漠而无声。雁雍雍而南游兮，鹍鸡啁哳而悲鸣。独申旦而不寐兮，哀蟋蟀之宵征。时亹亹而过中兮，蹇淹留而无成。……私自怜兮何极，心怦怦兮谅直。……

宋玉直直地跪下来，双手朝天，似乎要捉住什么东西，又像要拒绝什么东西。冥冥中他似乎看见屈原头戴高冠，手执长剑，骑着一匹白马缓缓前行；又似乎看见先生转过头来，用责备的眼神看看不成器的自己，站在先生旁边的婵娟也是眼中蕴蓄着一股怒火……宋玉受了这种威压，不由自主地把头伏向地面，将额头紧紧地压在冰凉的地上，心中悲哀地喊道："原谅我，先生！我是个不中用的人哪……"

在宋玉渐渐不能控制的啜泣声中，窗外又有一片叶从树上飘落下来，发出一声轻响。

悲忧穷戚兮独处廓，有美一人兮心不绎！

过了两天，令尹子兰登门拜访。他一见宋玉，便直截了当地问道："师兄考虑得怎么样了?"

"就按师弟说的去办吧。"宋玉答道。

"好！识时务者为俊杰也。以师兄的高才，必能为国家出大力气，师兄也必不会辜负母后、皇兄的殷切希望的……"子兰高兴地说。

过了几天，宋玉的任命果然下来了，官职是襄王的文学侍臣。

这个任命也早在宋玉的意料之中，南后岂能让自己在朝廷中有立足之地?不过是将自己当个遮人耳目、粉饰太平的幌子罢了，就如酒家外面的旗杆上的酒旗。

这样，宋玉搬出了原来的园子，住进了宫中，为楚襄王写起美文来。

《高唐神女》 宋玉展才

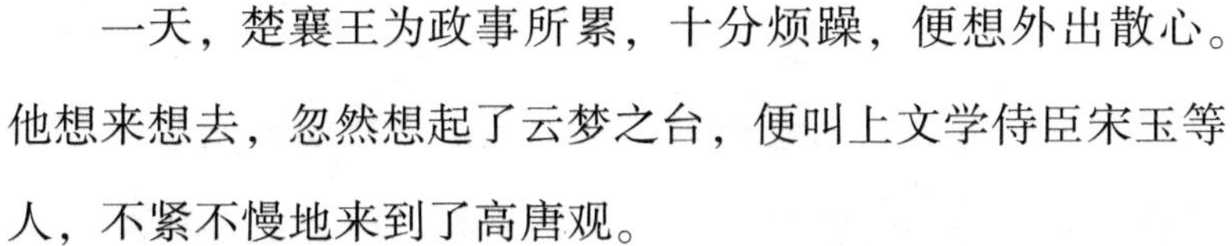

一天，楚襄王为政事所累，十分烦躁，便想外出散心。他想来想去，忽然想起了云梦之台，便叫上文学侍臣宋玉等人，不紧不慢地来到了高唐观。

楚有七泽，云梦泽为其一，跨江南北。

高唐观高大崔嵬，优美殊异，独立一方，没有其他建筑可以与之媲美。巫山横亘于长江之上，山势高大，道路蜿蜒曲折，交互重叠。从岩上往下看，耳中都是水波汹涌之声，好像别的一切声响都在世间消失了。这时，正是雨后初晴，居高临下，可见百谷水满四溢，众水交相奔腾，波涛汹涌，一齐汇聚于山下蓄水之所。滂沱的大水向四方奔涌，水势盛大深沉，波翻浪滚不止。远风吹来，洪波骤起，此起彼伏，宛若孤陇之附山。波涛触岸，水流交汇于狭窄的水口不得前行，回流复会不已。水中怒涛猝然相聚，波浪高起，远远看去，就如碣石浮于海上。被冲刷下来的大小砾石在激流之中

相互撞击磨砺，发出很大的声响，尤其是那沉没于水底的巨石，为大浪冲击，溅起高高的浪花，其声响彻云天。

楚襄王和宋玉站在高唐观上远远地观望着这壮观的景象，不由心魄震动。襄王不禁双腿有点发颤，手也不由自主地握紧了宋玉的衣袖，好像害怕那江中大浪会猛地打上来，把他卷入江中。一股又凉又麻又空的感觉从脚掌心升起，沿着脊背一线向上走，直到达后脑勺，使他感到有点头晕目眩。但他又很欣赏这幅天地间的壮观画面，便又舍不得退下去。

襄王继续观看大水奔腾，波涛相击。波如云涌起，声动天地。大水是如此凶猛，以至于鹗、鹰、鹞等各种猛禽，恐惧惊骇，有的高高飞起，有的藏匿不动，有的狂奔逃窜，战战兢兢，再也不敢肆意逞凶；鱼鳖之类，惊怕地爬上陆地，暴露在阳光之下，沙滩上的各种水虫横七竖八地聚在一起。

这时，巫山上冉冉升起了一朵云彩，摇曳多姿，形状宛如高峻的山峰直入云天，秀丽挺拔。

襄王看了一会儿，不由称奇道：“怪呀！你看这朵云彩，一会儿变一个模样。须臾之间就变化无穷，真是好看。这是什么气化成的？”

宋玉躬腰道：“回大王，这就是巫山女神名叫朝云的变化而成的。”

襄王是头一次听说有一位叫“朝云”的女神，便赶忙问道："朝云？朝云是谁呀？"

宋玉微微一笑，道："大王想听一听吗？请容小臣慢慢道来。从前，咱们楚国的先王也曾经到这高唐观来游玩过。那次，先王玩累了，便躺在这高唐观中小睡片刻，当时天还正是中午呢。先王忽然梦见一个美貌妇人走来对他说：'妾是巫山神女，是您的高唐台馆之客。听说大王您来游高唐，妾愿和您亲近。'

"先王非常爱慕巫山神女，便欣然同意。神女既已得幸于先王，便离先王而去，告辞时说：'妾在巫山南面，高山的险阻之处。清晨时，妾是天空的云霞；傍晚时，妾又会变为空中流动的雨丝。'

"到了第二天早上，先王从睡梦中醒来，便连忙出高唐台馆观看，果然如神女所言。所以，先王就为巫山神女立了一座祭祀的庙宇，庙名就叫朝云。"

襄王不由神往不已，又问道："朝云初出来时，是什么样子呢？"

宋玉说道："朝云开始出现的时候，青春少年，如秀丽挺拔的一棵松树。她慢慢向前迈步，简直就是一个面容姣好的美姬。她举起长袖，遮隔着日光向远方眺望，企盼她所思慕之人。她又忽然改变了容颜姿态，有如驾驶驷马疾驱，马车上竖立着五色鸟羽装饰的旌旗。这是她看到了她的心上人啊。但有时她又像寒凉的风、凄冷的雨，因为她的心上人没

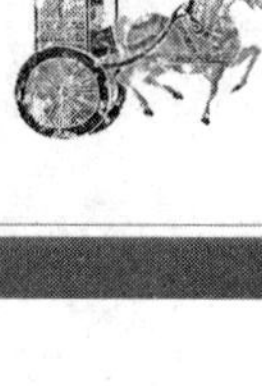

有前来和她相逢。最后，风止雨住，行踪神秘、变幻莫测的神女朝云也就回到了她的住所，再也不见她的踪影。”

襄王又问道：“寡人现在是不是也可以游高唐台馆？”

“可以啊。”

“那，高唐台馆怎么样呢？”

宋玉回答道：“神女所居住的高唐，高敞广远，可为万物之祖啊。向上连接着天，向下俯视着深渊，其间的珍宝异物，简直不可以论说。”

襄王笑着说：“回去以后，你能不能为寡人写一篇赋来描写一下高唐啊？”

“谨遵大王之命。”

又待了一会儿，山风大起，襄王觉得有些冷，便和宋玉等人往回走。

行到山坡，远望山上林木，只见幽深、葱郁一片。在冬季，这里的树木仍是苍翠茂盛。草木花色鲜亮鲜亮的，如星星般微光闪烁，十分夺目。树木枝叶随风摇曳，宛如水波荡漾。树荫在水面上拂动，黯淡中竟分不清哪是树荫，哪是水波。树枝伸向各个方向，有如飞鸟舒展羽翼。枝条旖旎柔弱，枝叶繁茂。树木的细枝纤条在微风中发出娓娓动听的声音，犹似竽籁合奏，不禁令人有些忧伤；清浊谐和，急缓有致，五声相节，又与四方之乐融合交汇。

游完云梦泽后，宋玉回去就写了一篇关于高唐神女的赋——《高唐赋》。

襄王看了以后，连声赞好。

夜晚，襄王躺在床上翻阅着竹简。不知不觉中，他进入了梦乡。

恍惚间，襄王看见一个神女缓步朝他走来，容貌甚是美丽。她像是得到了天地间独有的美质，其艳无双，其美无极。她的服饰文采华丽，宛如翡翠鸟振翅展翼。美女毛嫱舞袖弄姿，与神女比，亦不值得效法了；西施掩面动人，与神女比，也显得没什么姿色了。不管从近处看，还是从远处看，都不能不说是美。

襄王满眼里都是这个神女的影子，心中非常欣喜欢悦，想更清楚地看一看神女的美貌。

神女的仪容端庄盛美，姿色就如玉一样温润可亲，一双眸子明亮清澈，眉毛弯曲而细长，眉梢微微上扬，红润的双唇像丹砂一样鲜亮。她身段丰满柔软，腰肢如杨柳般细弱婀娜、清逸无比。这样美丽的神是怎样从幽隐的深山仙境来到这人世之间的呢？要是让她在高大殿堂之上，像鸟一样舒展羽翼，该是多美的一幅画面！

她拖着薄如云雾的绡纱，缓步拂过了大殿的阶面，姗姗而过。神女停住了脚步，引颈而注视，目光婉转有神，含情脉脉。她举起长袖，整好衣襟，伫立徘徊着，心中似乎难以平静，但表面看起来依然安闲和静、深沉安详。她的举止行

为隐微幽妙，心意难以揣测。

神女的心意似乎是要前来接近襄王，却又远远离开，想要前来而又欲归去。

襄王不由开口道："请容许我来侍奉你吧。"

但神女襟怀纯洁清白，终于离开了襄王而未相亲近。她的淡淡优雅，好像兰草那样散发着浓郁的香气。

襄王和神女在精神上虽然相通，但最终没有结言定情。襄王感到有些孤独无依，心绪不禁有些烦乱。

而神女之意虽含许诺，但又不心甘情愿。于是叹息不已，神情无比哀伤。她的脸色又显得有些愠怒，矜持庄重，不可冒犯。

襄王心中有些失望，十分伤感。

神女站起身来，佩饰摇动，玉鸾轻鸣。她整了整衣服，顾问女师，传令，要动身归去。欢爱之情未结，神女就动身退去，令人不可亲近。

但神女又似乎有些舍不得，似去不去，心中对襄王也充满了思慕之情，对襄王不断投以微眄。

襄王哀伤地问："难道你现在就要离我而去吗？"

神女立刻摇摇头，然而又立即点了点头，便带着众侍从离开了襄王。

襄王不由神魂颠倒，好似无所依托，心中感到非常悲凉恍惚。他觉得天色一下子昏暗了下来，神思不定，不知身在何地，不禁潸然泪下……

忽然，一声鸡鸣，楚襄王一下子惊醒过来，他才明白这原来是一个梦。

次日，宋玉进宫后，襄王便迫不及待地把昨夜的梦告诉了他，想让他解释一番。

宋玉思索了一会儿，便问道："梦的详细情况是怎样的呢？"

"傍晚时分，我精神恍恍惚惚，心绪不宁。我迷迷糊糊，记不太清楚了，好像是有一位美丽的女人，甚是奇异。不久之后我就从梦中醒了过来，睡着的时候还记得她，但醒来后就记不清楚了。"

"她长相如何呢？"

襄王有些惆怅地说："她长得真是美极了，一切美好的语言都难以形容她的美。上古既无，世所未见。神女刚出现时，光芒四射，好像初升的太阳照耀着屋梁。她稍稍向前迈步，屋子中便皎洁光明，如同明月洒着清辉。她的美貌呀，光色如花，温润如玉。唉，不管用多少色彩，也不能完全形容她那种美丽的容貌。你要是细细地审视她，就会觉得心旌摇荡，不可抑制。她身上服饰盛多，有多种灿烂的文采，美服妙彩临照万方。她若穿着宽大的衣裳身材也不显短，若穿着窄小的衣裳身材也不显长。她那种柔美的姿态就如同流动的龙一样，身上肯定涂饰了兰花和杜若的油脂。她的性情多么温和安闲。要是她能一直在我的身旁，那该多好啊……”

宋玉说：“这也许是昨天大王游了高唐之后，神女为大王诚意所感动，特意赶来和大王一会。这也是大王的洪福……”

襄王点点头，又说：“要是这样就好了。你能不能把这件事记下来，再给寡人写一篇赋？”

“遵命。”

次日，宋玉便记下了襄王的梦，名之曰《神女赋》。

《吊屈原赋》 贾谊悲古人

西汉时的散文家贾谊，才华横溢，博通经史。二十一岁时，他便做了汉文帝的顾问博士，侍随文帝左右。每当朝廷商议国家大事时，许多老臣往往口拙于辞，无言以对，而二十多岁的贾谊却能滔滔不绝，对答如流。因此，贾谊不仅深得汉文帝赏识，而且，也颇得朝中大臣的赞誉。一年之中，他三次擢升，从博士升为大中大夫。

不久，汉文帝准备提拔贾谊为朝中公卿，便先询问朝中大臣的意见。虽说平日里大臣们对贾谊交口相赞，称许其卓越才能，但那是因为大臣们认为贾谊至多是个侍从。而今，文帝竟要提拔他为公卿！这还了得？许多大臣便愤愤不平起来。公卿可是国家要职啊，这么一个二十多岁的小青年，怎能委之以如此重任？别看他平时口齿伶俐，真正到了节骨眼上还得靠这帮老臣。这帮大臣你一言、我一语，在文帝面前七嘴八舌地反对这项任命。

汉文帝本来就不是个果断的人，见大臣们反对，便一时没了主意，抬眼看了看丞相周勃和太尉灌婴二人。他想让这二人替自己拿主意，看他们的意思是想告诉他们："别老站那儿不动呀，说话呀，替朕拿个主意。"

周勃和灌婴互视一眼，意识到时候已到。

周勃说道："贾谊之才，委实是世所罕见。他的文章也是当世少有的，这诚是我大汉洪福也。不过，经世纬国与写文章、掉书袋还是不一样的，仅凭口语笔力，万不能治理诸侯、百姓。贾谊虽然才能出众，但我不知道他的实际能力如何，能不能胜任公卿这个要职。要是让他做了公卿，国家要事被他耽搁了，怎么办？而且，贾谊与皇室亦无半点血亲，乃外族之人也。我也听说……"

这时，太尉灌婴插话说："贾谊只会夸夸其谈，未见他办过什么实事。有人告诉我，有一次贾谊喝酒喝多了，便目中空无一切，说什么朝中大臣都是些酒囊饭袋，中看不中用，他一个也没放在眼里。他还说，小臣腰中这柄剑是根拨火棍子罢了，哪能挡得住雄兵？很明显，贾谊这是意在擅权呀！陛下，画龙画虎难画骨，知人知面不知心呀！这贾谊……"

汉文帝经众大臣一说，又见丞相和太尉也反对，便不由得动摇起来，说道："既然……众爱卿都如此说话，那，贾谊这事就暂且不论吧。"

文帝本是个多疑的人，他听大臣们这么一嚷嚷，就不由得对贾谊怀疑起来。无风不起浪呀！既然大臣们这么说，就算有很多假话，也总该有一点儿是真的吧？其实周、灌二人完全是胡说八道，这也正是二人的老谋深算之处：反正汉文帝不会当着贾谊的面问起这些事儿！

这样，文帝就渐渐疏远了贾谊。讨论军国大事的时候，就去向周勃、灌婴等人讨教，把贾谊撂在了一旁，只把一些无关紧要的琐事拿来问贾谊。贾谊知道是有人在汉文帝面前说了自己的坏话，但他也无从察知详情，因此也毫无办法。

后来，文帝的疑心更重。有一天，文帝忽然下了一道命令，将贾谊从京师贬谪到了长沙，去做长沙王的太傅。

贾谊被文帝贬到长沙之后，郁悒寡欢，终日闷闷不乐。一日，他渡湘江，坐船到江中心时，猛然刮起了大风，湘江的水波顿时涌将起来。

贾谊倒无所畏惧，他看着奔腾的江水、翻滚汹涌的波浪，心中不禁悲哀起来：青春年华就这样像江水一样白白淌走了！他想起了那位伟大的诗人屈原。屈原不就是投在湘水支流汨罗江中而永沉水底了吗？如今，屈原何在？高冠及长剑何在？国内无人体察屈原的良苦用心，同样也无人体察于我。我们这忧闷的心情能向谁诉说呢？唉，凤凰已高飞远去了，它不是自己引避的吗？圣人神德之所以为贵，就在于他们能够远离浊世而独善其身。神龙远离、獭而隐蔽，怎能与

虾和蛭这些小虫混在一起呢？三闾大夫呀，假使良马为庸夫所束缚，那跟温顺的犬羊有什么不同？一道小水沟，如何能容得下吞舟大鱼？可大鱼若是落到了水沟和陆地上，却要受制于蝼蚁了！所以，陷入这步境地，也是由于自己才高德茂的原因啊！三闾大夫，你又何尝不是如此呢？假如你濯缨于沧浪之浊水，谁又能找你的麻烦呢？

想到这儿，贾谊不由得潸然泪下。他清瘦的身影立在船头，飒飒的大风吹得他衣带飘飞。船夫劝他说：“先生，这儿危险得很呢，风这么大，您还是回船舱中去吧！”

贾谊摇了摇头。

尽管风大浪高，渡船还是安全到达了对岸。这一夜，贾谊提笔写下了千古名文《吊屈原赋》。湘江一带天气炎热，贾谊挥汗如雨，却无暇顾及，挥笔疾书：

> ……敬吊先生。遭世罔极兮，乃殒厥身。呜呼哀哉！逢时不祥。
>
> 鸾凤伏窜兮，鸱枭翱翔。阘茸尊显兮，谗谀得志。贤圣逆曳兮，方正倒植。世谓随、夷为溷兮，谓跖、蹻为廉。莫邪为钝兮，铅刀为铦。吁嗟默默，生之无故兮。斡弃周鼎，宝康瓠兮。腾驾罢牛，骖蹇驴兮；骥垂两耳，服盐车兮。章甫荐履，渐不可久兮；嗟苦先生，独离此咎兮。……

贾谊在长沙一共待了四年。四年后，文帝因政事忽然想到年轻有为的贾谊，也明白贾谊受了委屈，便又下诏将他召回了京城。

奉诏的钦差到达长沙这天，贾谊正在庭院中漫步徘徊，口中还轻声念着那篇《吊屈原赋》中的一些句子：

国其莫我知兮，独壹郁其谁语？

正在这时，钦差来到了院中，高叫道："贾谊接旨！"

宣旨完毕，贾谊似乎还没有回过神来，愣愣地跪在地上。直到仆人把他搀扶起来，贾谊才恍然大悟似的问道："皇上召我回京师了吧？"

钦差和仆人都道："正是。恭喜恭喜！"

贾谊喜不自胜，立即让仆人们收拾行李。次日即与钦差离开了长沙，一同赴京。可是，出长沙城时，贾谊却似乎有些失落，回头遥望了一眼长沙。

回京以后，贾谊便进宫去拜谢文帝。这时，已是日落西山之时，远处不时传来一两声乌鸦的啼叫。

文帝刚刚祭完鬼神和列祖列宗，正静坐宣室（即未央宫前殿正房）休息，贾谊进宫时，他脑子中还萦绕着各种鬼神的传说。一见到贾谊，文帝便开口询问各种鬼神的由来。

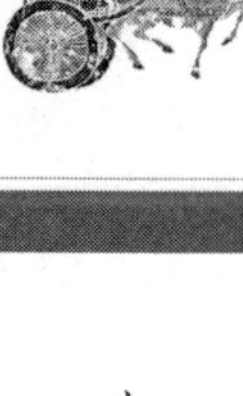

“先生，你知道这尊神东皇太一是怎么来的吗？”

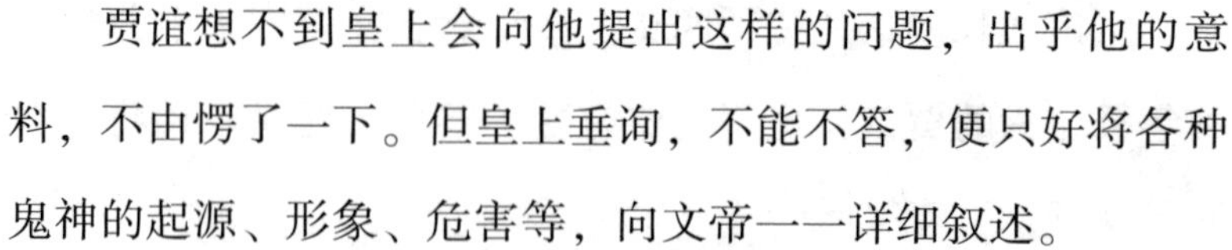

贾谊想不到皇上会向他提出这样的问题，出乎他的意料，不由愣了一下。但皇上垂询，不能不答，便只好将各种鬼神的起源、形象、危害等，向文帝一一详细叙述。

贾谊的口才很好，文帝听得津津有味，竟忘记了自己的疲倦。贾谊见文帝听得这样入神，也就越讲越长，从黄昏一直讲到深夜。宫中内侍几次来请文帝用晚膳，文帝竟全然不理睬，只是不停地将身体靠近贾谊，唯恐听不清贾谊说的某一句话。

就这样，待贾谊说完鬼神之事，出得宫门时，已是月过中天。三更时分，文帝方才进入内寝。文帝长叹一声，对一名妃子说道：“寡人长期信奉鬼神，本以为贾谊这方面的知识肯定不如我。今夜一席交谈，才知道我远不如他。”

贾谊回家之后，却怎么也不能入睡，便索性坐起来。他觉得这次谈话，虽然使文帝特别高兴，自己却感到凄然不已。因为他原想文帝此次召他入京，是要与他商议国家大事，委以他重要官职的。谁知，文帝却与他大谈鬼神之道，这就使他非常失望，觉得自己报国无门，壮志难酬，空有满腹才学。他不禁在黑暗中长叹一声，大有不胜唏嘘之感。

这次论鬼之后，贾谊以为从此会留在京城中任职。不料，汉文帝耳根软，又听信了小人谗言，把他派去做梁怀王的太傅。

梁怀王年轻有志，聪明好学，这又使贾谊于落寞之中得到一些安慰。他倾力教育梁怀王，以期他能有大作为。梁怀王也非常尊敬贾谊。

但不久，梁怀王骑马外出游玩时，马匹受惊狂奔不止，梁怀王不幸坠马而死。

贾谊悲痛不已，觉得自己的希望全部破灭了。同时他又认为梁怀王之死是因为自己没有尽到太傅的责任，便更觉难过。

不久，贾谊便郁郁而死。

《悲士不遇赋》 史迁明心

天汉二年（前 99）深秋，汉朝骑都尉李陵率领五千汉兵深入敌后，准备配合贰师将军李广利进攻匈奴的且鞮侯单于。贰师将军师疲无功，李陵却在浚稽山附近遭遇了匈奴八万骑兵。十多天来，李陵率领着这五千人马，孤军奋战，边打边退，击败了匈奴人的一次又一次猛攻。眼看居延就要到了，却又被一道险恶的山隘挡住了去路。狡猾的匈奴骑兵凭借粮草充足的优势抢先了一步，埋伏在峡谷两侧的山崖上。汉军的每一次集中冲锋，都被他们的石块和暴风雨一样的箭矢阻挡回来。就这样，饥饿、疲惫的汉军将士被困在了这条山谷中间。

夜幕降临了，黑蓝色的天穹上镶嵌着一颗颗清冷的星星。寒风砭人肌骨，马革袋中的饮水早就成了一坨坨的冰疙瘩。匈奴人在四周的旷野中燃起了一堆堆篝火，像是在故意逗弄汉军。

李陵又准备突围了。他牵着紫骝马走上了荒草坡，能够站起来的汉军将士一个个都站了起来。透过黯淡的星光，李陵看着一个个将士坚毅的脸庞……夜半时候，他率领人马扑向山隘口。

山隘被将士们的鲜血染红了。经过殊死争夺，李陵和少数兵丁冲过了隘口。无数的匈奴兵一边追击，一边大声吼叫着。将士们在激战中纷纷倒下，李陵也身负重伤。

箭头带着鸣响从李陵头上飞过。李陵一把摘下大黄弓，想射落几个匈奴兵，可向腰间一摸，箭袋却已经空了。他把牙一咬，从战靴中拔出一把匕首。映着火光，刀锋反射出一种玫瑰色的光泽。李陵举起匕首，突然又犹豫起来，耳膜中充满了匈奴人的粗野吼声："李陵快投降！""投降吧，李陵！"

"暂留了这条命，将来再报国吧！"李陵的手一松，匕首落在地上。匈奴人发出一阵粗野的尖叫，策马朝他拥来。李陵脸上火辣辣的，他跳下战马，想伸手去捡那把匕首，匈奴人却已经赶了上来。

李陵归降了匈奴。

李陵全军覆没的消息，瞬间传遍了京师长安。从朝廷到街头，众说纷纭：有人痛骂，有人惋惜，也有人根本不相信。正在埋头著书的太史公司马迁也非常关注这件事。

这天早晨，司马迁的书斋中还亮着一点灯光，他正在灯

下废寝忘食地工作着。他手握狼毫笔，在轻薄的竹简上流利地书写着。有时提起笔，抬头沉思一会儿，又继续写下去。终于，他写完了最后一笔，便站起来直了直腰，走到院子中。

太阳还没有出来，朝霞映照着东流的渭水，京师长安从酣睡中渐渐苏醒过来。空气十分清凉，司马迁不由精神一振。

他在院子中溜达了一会儿，便走回屋子里。他看见案上放了一盘蒸馍馍、一碗热气腾腾的羊奶和一碟小菜，夫人正在案前翻阅他刚刚写完的《孝文本纪》。

“子长，你又熬夜了，赶紧吃一点吧。”夫人温和地对他说，神情中免不了有一点怜爱的责备。

司马迁微微一笑，拿起一个馍馍送到嘴边，问道：“上次我写的那篇《高祖本纪》你看完了没有？”

夫人略略颔首。

“敬请夫人指教。”司马迁幽默地说。

“你把高皇帝写得就像活了一样。可是……你为什么偏要把他写成一个贪酒好色的赖皮呢？像郦食其来拜见他的时候，高皇帝竟然‘踞床不起，使两女子洗足’。当今皇上可是尊崇儒生的呀，你这样刻画高祖皇帝，我担心你会招祸的……”

司马迁哈哈一笑，道：“夫人，我可是到过沛县的呀，听沛县父老说过高祖的为人。他侮慢郦食其也是确有其事的，实有之事岂能隐讳不载？夫人，你该知道春秋时董狐的故事吧？一个真正的史家，史德是最可贵的，史才倒是其次的事！要是我为美化他而刻意隐瞒史实，那又有什么用？”

“我已经听你说过好几回了，你是对的。”

夫人觉得嗓子有点发涩，又怕被丈夫发现，便转身回内室去了。

司马迁一下子沉默了。他走到窗前，长久地凝视着窗外的那棵青松树。夫人的话更坚定了他为后人树立信史的决心。

他坐回到案边，把墨汁研得浓浓的，开始撰写《孝景本纪》。刚写完第一简，家门口的大街上忽然响起了辚辚车声。车子正停在他家大门口，一个宫中谒者一步跨入书斋中。他把尘尾向肩上一搭，便用尖细的嗓音宣布：“皇上有旨，着太史令司马迁即刻赴建章宫议事！”

宣旨完毕，他压低嗓门给司马迁透了个风：“我看，准又是为了李陵案的事。皇上昨夜可又是一夜没合眼！”

谁知司马迁却不领他的情，随即入内室更换朝衣去了。谒者不禁有些恼火，他走到案前，随手拿起那块墨迹未干的竹简，看了两眼，忽然眼睛一亮，见司马迁还未出来，便悄悄地把竹简搁进了衣袖。

自从汉武帝十七岁登基至今，已经过去了四十几个年头。汉武帝刘彻不是一个承平守安的平庸君主，在他还是太子时，便渴望着去建树一番前无古人的丰功伟绩。他权柄独握，削损诸侯；启用酷吏，打击奸富；威加海内，征讨匈奴，出使西域……终于，汉家恩泽遍及四方。他的功业大概感动了上苍和祖先，于是，获白麟，得宝鼎，大汉天下祥瑞纷呈。终于，元封元年（前110），他登上泰山，举行了比秦始皇时期还要阔气的封禅大典。不久后，他又改正朔，易服色，定官名，协音律，从此就四夷宾服，大汉一统。作为一个人君，有这一番轰轰烈烈的功业传给子孙后代，看来他可以无愧于刘姓的列祖列宗了。

可是，日久天长，也难免有点不遂心的事。早些时候，匈奴已经被霍去病、卫青等人赶跑了，可眼下又卷土重来了。他为了让李夫人之兄李广利建立一番勋业，把全部信任和大军交给了他，希望他能奏战功，据功封侯。可偏偏李广利不争气，不但寸功未建，反倒折了个李陵。李陵兵败事小，天子威容事大，谁知道那些对天子心怀不满的人会怎么看、怎么说？说不定已经在背后讥诮他了吧？讥诮就是不敬，不敬便是造反！

刘彻越想越忧虑，赶紧吩咐执金吾杜周加强京师巡逻，明察暗访，若有敢诽谤朝政者，一经发现，格杀勿论！他还想听一听百官对此事的反应，尤其是想听听太史令的意见。司马迁又是一个喜欢发表言论的人，就叫他来吧。

武帝升殿以后，杜周气喘吁吁地赶来了。他穿一身华丽朝服，一进殿门就连连叩拜，显得万分恭敬。“城里动静如何？众人有无偏袒李陵者？”武帝问道。

“回奏陛下，杜周奉旨日夜巡察，全城肃然，皆言李陵投敌乃罪该万死，无有敢庇袒李陵者！”

武帝对这个回答颇为满意。他命杜周退去一旁，问侍从司马迁来了没有。

“启奏陛下，太史令司马迁已在殿下恭候！”

白脸谒者从龙柱后闪了出来。趁通赞官正在喝令司马迁入殿时，他紧趋几步，拿出袖管中藏着的竹简，双手呈给汉武帝，道：“这是从太史令案上拿来的，请陛下过目……”

武帝不由得皱了一下眉头，说道：“谁让你这么干的？谁让你随便取太史令的东西的？”

谒者装作惊慌失措的样子，回答道：“陛下不是要小臣凡事多长一只眼睛吗？”

武帝不理他，拿过竹简。原来竹简上写的是《孝景本纪》的一段：

孝景皇帝者，孝文之中子也。母窦太后。孝文在代时，前后有三男，及窦太后得幸，前后死，及三子更死，故孝景得立。

“‘故孝景得立’？”武帝不由得把这几个字连念几遍，心里越发觉得不是滋味儿。孝景皇帝是武帝的父亲，尽管司马迁写的并没有错，可事是死的，人是活的，这段家史难道不可以隐略一下吗？照这个说法，要是窦太后不得宠，要是三个异母兄弟不死去，那孝景帝岂不是当不了皇太子？哼，岂有此理！

武帝气得面孔发白，不由得伸手一拍龙案。侍从们以为出了什么大事，个个吓得面面相觑。武帝看见侍从们吓成这样，也感到有些失态，便压下怒火，把那片竹简藏进了袖筒，脸上很快恢复了平日里的神态。

这时，司马迁走入了大殿，在丹墀下礼拜如仪。

“子长爱卿，京师对李陵之事颇有议论。你是本朝史家，当有独见，可直向朕奏来！”

司马迁朗声奏道：“小臣也正要明白启奏。李陵师败身降，罪固深重。然天有不测之风云，世亦无常胜之将军，若因一时一事之差失而群起攻讦，臣以为，未免有不公平之处。”

汉武帝听着司马迁的话，不动声色。

司马迁便一直说下去：“李陵只有偏师一支，为匈奴大军所困，内尽粮草弓箭，外无援军。面对胡人强虏，却奋勇争斗。军虽覆没，毙敌业已万余。臣以为，虽古之名将亦不过如此耳！李陵至少是功过相当！”

杜周早已摸透了武帝的脾气和心理，见武帝面色渐渐沉了下来，便冷不防从旁边插了一句道："太史令对李陵未免有点过誉了吧？太史令刚才所谓'外无援军'，是什么意思？莫非是指贰师将军吗？"

司马迁感到胸中一下子充满了怒气，他根本没有影射李广利的意思，却想不到会被杜周蓄意曲解。他也不想辩护，只是感慨地说道："当初李陵得胜获宠之际，人人奉承巴结；一旦陷败，转脸便唾之不及。不是我替李陵讲好话，我是说，人心何能至如此地步！誉毁之间，何太急也！"

这段话是司马迁对着杜周说的，但武帝怀疑他是存心挖苦自己，不由大怒，从龙椅上一下站起来，厉声喝道："司马迁，你和李陵叛逆是什么关系？竟敢来为他开脱罪责！"

司马迁不由一惊，不明白刹那间皇上为什么会这样大发脾气，惊急之间，竟忘记了下跪。

武帝龙颜大怒："大胆司马迁！李陵已经叛国投敌，你还敢为叛逆张目，还不给我跪下！"

司马迁立刻跪下了，但他还想再向汉武帝说几句："陛下，小臣与李陵平素并没有什么交往，这也是陛下所知道的。可臣以为，李陵在家忠孝两全，出门守信，见财不贪，此乃奇士之风也。又常思徇国家之急无以顾身……此次兵败身降，恐怕并非真降，若一有机会……"

"一派胡言！既然李陵要徇国家之急，他为什么不

去死？”

“陛下……”司马迁痛心至极。

武帝颤巍巍地指着司马迁说道：“你身为史官，竟敢公然蔑视廷仪，犯颜抗上，替叛逆开脱罪名，罪该万死。杜周！”

“小臣在！”

“把司马迁给我带下去，交付诏狱，给我重重议罪。”

“遵旨！”

武帝愤怒地一甩衣袖，离了龙椅，朝里走去。不料那块竹简正好从袖筒中飞了出来，又正好落在司马迁的面前。

司马迁一下子愣住了，他不敢相信自己的眼睛。这是怎么回事？然而，只一刹那，他就彻底明白了。

执金吾杜周在他身后冷冷一笑：“子长，莫非还要老夫亲自搀你不成？”

司马迁觉得血液一下子涌上了头脸，他倔强地站了起来，他是不会在杜周这种人的面前示弱的。

一顿酷刑之后，司马迁被关进了一座黑沉沉、阴森森的死牢。身在这间小小的囚室里，不时能听到外面死囚们凄厉的喊叫声、狱卒们恶毒的叫骂声、棍棒皮鞭的拷打声，一夜不断，惨不忍闻，令人毛骨悚然。

司马迁也是几乎夜夜不能入眠，加之白天杜周这只恶狗的骚扰，没几天，司马迁的身体就垮下来了，本来就不很健壮的身体变得更加瘦骨嶙峋。汉武帝给他定了罪名，他被判为腰斩，暂寄在死牢中囚禁，待秋后问斩。

死牢中挤满了罪犯。当司马迁被两个狱卒架进来时，每个窗口的犯人都用一种冷漠、呆滞的目光看着他。这些罪犯，有朝廷的官员、有称霸地方的刺史、有游荡江湖的侠士、有算命的相士……真是三教九流，无所不有。当然，在这各色人群中肯定有不少是被奸人诬陷而被投进了这黑色的牢笼的。

如果你想知道什么是地狱，到这儿看看你就会明白；如果想知道什么是死魂灵，到这儿看看也就够了，这里就是坟墓。犯人们夏天与蚊子、跳蚤们同榻共眠，冬天与寒冷为伍，吃的是不知积存了几年的发霉的米饭，睡的是光光的、冰冷的泥板。而每天都有几具僵硬的尸体被抬出去，每天又有几个新囚犯被推进来。

一合上眼，执金吾杜周那副阴险狡诈的嘴脸就浮现在司马迁眼前。忽而满脸堆笑，忽而怒声大吼，忽而冷酷无情……“小人得志!”司马迁有点神志不清地喃喃自语。还有宁成、赵禹！还有张汤、王温舒！多少年了，正是这些酷吏，朋比为奸，官官相护，欺凌功臣，陷害忠良，罗织了多少罪名，制造了多少冤案！对了，应当为他们一一“立传”，就叫“酷吏传”，让后人永远看到这些豺狼虎豹的名字，给他们留一个千载骂名！

司马迁想着想着，不由得兴奋起来。但只一会儿他的目光就又黯淡下去了，因为这一切都来不及去做了，离行刑的日期没有多少时间了，留给他的只有三个月。

夏天很快就过去了，行刑的日子也快要到了。司马迁早已不把“死”这个字放在心上了，“文死谏，武死战”嘛。

秋风飒飒，落叶铺满了长安城。

就在九月中旬的一天，武帝的大赦令突然传到了死囚狱中。当这些已经绝望的死囚听到可以罪减一等时，不由自主地在大牢里欢呼起来。然而，这种欢乐很快就消失了，因为大赦是有条件的：要免去死罪，必须拿出五十万钱赎金，或者，甘受耻辱的腐刑。

在一阵骂声之后，大牢重新进入一片死气沉沉的寂静氛围。怎么办呢？每个罪犯都在紧张地思索。有家产的人开始盘算出狱，绝望的穷人只好叫骂、叹息。但很少有人往第二条路上想。腐刑，一般人是宁愿掉脑袋也不愿受这种最下贱的刑罚的。受了腐刑，那还算个男人吗？

司马迁平素做的是清水官职，两袖清风，家无长物，要拿出五十万钱来赎罪是不可能的。自从自己入了死囚狱中，本来就不多的朋友变得更少了，只剩下任安等少数几个。这倒也好，患难见真知，更能看出每个人的心来。这剩下的几个朋友也都是穷朋友，不可能拿出多少钱来。要出狱生存，只有……受腐刑！刚想到这里，司马迁几乎吓了一跳。受腐刑？十刑之中，腐刑是最下贱的。一个有血性的男儿，能够忍受这种奇耻大辱吗？不！决不！但同时，生的希望却又在强烈地吸引着他，生命之神在朝他微笑招手，而另一方，死神也在充满邪恶地怪叫着。司马迁躺在冰冷的泥地上，心中展开了生与死的决斗。是的，死没有什么可怕的，活也不仅是为了活而活着。早在做太史令时，他就决心学习董狐等良史，把生死置之度外。但死又有不同，或重于泰山，或轻于鸿毛，撰史大业尚未成功，先屈死狱中……突然，他想起了自己的祖先、父亲……

他的祖上做过周朝的太史官。他的父亲司马谈有一个前无古人的伟大目标：撰写一部贯通古今的辉煌历史大书。是啊，堂堂华夏已有三千多年的历史，但能称得上史书的却没有几部，可以说是寥若晨星。从《尚书》《春秋》到《国语》《左传》，挑不出一部能够上下横纵、包罗万象的史书，更没有哪一位史家能够挥动如椽大笔，把那些形形色色的人物付之汗青，留予后来，使其中真意发扬光大！为了父亲，更为了自己的理想，他壮岁漫游，出武关，下南阳，渡长江，汨罗吊屈原，会稽探禹穴，夜宿大泽乡，拜访孔子故居……

那年父亲司马谈离开人世之际，他千里迢迢赶回了洛阳。父亲拉住他的手，老泪纵横，用颤抖的声音说："撰写那部史书的工作，看来我是完不成了……可是，我死也不瞑

目啊！我的儿，你要努力啊……”

当时，司马迁双泪长流，额头叩地，答应父亲一定完成这个夙愿后，父亲才满含期待地离去了。

一定要努力，要活下去！古往今来，有多少人为了一番事业隐忍苟活啊。仲尼困厄而作《春秋》，屈原放逐乃赋《离骚》，左丘失明才有《国语》，孙膑断足愤书《兵法》，再如西伯侯周文王、秦相李斯、汉将韩信……哪一个没有受过人身侮辱？临难一死，固然爽快，比贪生怕死强似百倍，但更难的是含垢忍辱活下去。只要活着是为了一种远大理想，为了战斗，便是此身一生屈辱，又算得了什么？时间的长河是公正的，后人终会给予恰当的评价。

活下去！司马迁顿觉眼前明亮起来，他似乎又回到了童年的故乡——陕西龙门。黄河水又喧嚣着，飞腾而来。它在崇山峻岭之间奔流不息，激浪飞溅，咆哮东去。而站在高处遥望黄河，又是怎样一种伟大的境界，是怎样一种崇高的享受啊！生命的真谛就在这里：九曲黄河水，毕竟入海流！

第二天一早，司马迁唤来了狱卒……下午，他在周围一片讥笑、辱骂、惊讶声中离开了死牢，朝行刑的蚕室走去。

数月后，司马迁伤愈了。他的耳中不时传来邻人街坊轻蔑的声音，这一切早在他的预料之中。但令他痛心的是他最知心的朋友任安写来的一封信。他原想任安会理解他，会在信中安慰自己，没想到任安竟也是责备他。司马迁看完信后，一下子沉默了。过了许久，他才提起笔来，颤抖着手，给任安写了一封回信：《报任少卿书》，向任安倾吐了心中的痛苦、愤怒、隐衷……

《报任少卿书》发走后，司马迁仍然无法平静下来，双手紧紧握住椅子的扶手，青筋暴起。如鲠在喉，不吐不快。司马迁又吮毫研墨，写下了一篇千古名文——《悲士不遇赋》：

悲夫！士生之不辰，愧顾影而生存。恒克己而复礼，惧志行而无闻。谅才韪而世戾，将逮死而长勤。虽有形而不彰，徒有能而不陈。何穷达之易惑，信美恶之难分。时悠悠而荡荡，遂将屈而不伸。

使公于公者，彼我同兮；私于私者，自相悲兮。天道微哉，吁嗟阔兮；人理显然，相倾夺兮。好生恶死，才之鄙也；好贵夷贱，哲之乱也。昭昭洞达，胸中豁也；昏昏罔觉，内生毒也。

我之心矣，哲已能忖；我之言矣，哲已能选。没世无闻，古人唯耻；朝闻夕死，孰云其否！逆顺还周，乍没乍起。理不可据，智不可恃。无造福先，无触祸始。委之自然，终归一矣！

几年之后，中国历史上最伟大的史学著作问世了，共一

百三十篇，五十余万字，这就是光照千古的《史记》。而这篇《悲士不遇赋》也与《史记》一样流传千古。人们至今仍在称赞太史公的凛然正气和不屈的精神。

《答客难》 东方朔暗讽

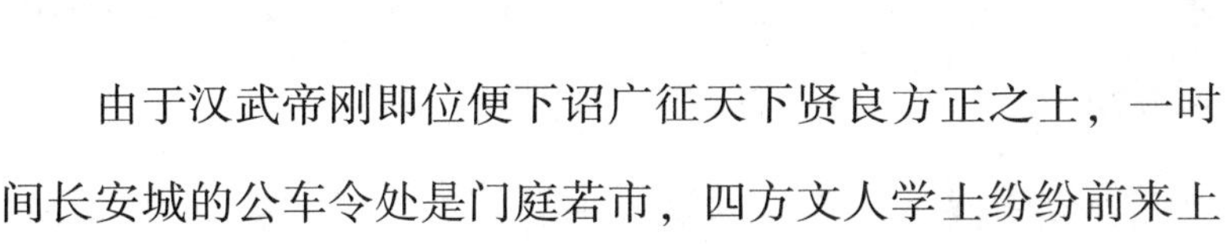

由于汉武帝刚即位便下诏广征天下贤良方正之士，一时间长安城的公车令处是门庭若市，四方文人学士纷纷前来上书，希望能得到天子的垂青。

这天，一位身长九尺，面如美玉，身着一身似儒非儒、似道非道华丽衣服的年轻公子，也到公车令处上书。接待的官员打开他递上来的文章一看，不由暗暗称奇。原来当时四方之士上书多是批评时政得失、提出劝谏的，而这位年轻人所上之书却是这样写的：

> 臣朔少失父母，长养兄嫂，年十二学书，三冬文史足用，十五学击剑，十六学诗书，诵二十二万言，十九学孙吴兵法，战阵之具，钲鼓之教，亦诵二十二万言。凡臣期固已诵四十四万言，又尝服子路之言。臣朔年二十二，长九尺三寸，目若悬珠，齿若编贝，勇若孟贲，

捷若庆忌，廉若鲍叔，信若尾生，若此可以为天子大臣矣。臣朔昧死再拜以闻。

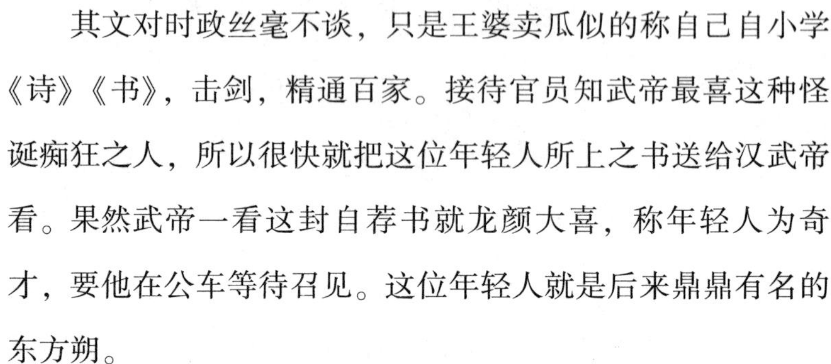

其文对时政丝毫不谈，只是王婆卖瓜似的称自己自小学《诗》《书》，击剑，精通百家。接待官员知武帝最喜这种怪诞痴狂之人，所以很快就把这位年轻人所上之书送给汉武帝看。果然武帝一看这封自荐书就龙颜大喜，称年轻人为奇才，要他在公车等待召见。这位年轻人就是后来鼎鼎有名的东方朔。

东方朔博学多才，又善诙谐。这次朝廷广招天下之士，他也到长安来，希望得到重用。一见上书人太多，便想以一个别出心裁的方法引起武帝的注意，所以便上了这样一封书。现在果然奏效，武帝令他待诏公车，显然是有意留用。东方朔不由大喜，遂在长安四处游玩，听候召见。当真是“春风得意马蹄疾，一日看尽长安花”。这样玩了几天，总以为诏书就要下来了，然而却是总不见召。一天又一天过去了，东方朔渐觉无味，等得不耐烦起来，每天到公车令处领取钱米，只够一日三餐。眼看囊资将尽，诏书却还是望穿秋水而不见。东方朔暗想，汉廷的招贤纳士看来只不过是一句空话。但既然是让待诏公车，天子之令不可违，又不能走，只好困守长安。

当时有一群侏儒，因长相奇特，武帝也让他们待诏公车，东方朔领钱米时每每与他们相见。想到自己一身才学，本以为能得到召见，受重用，为国为民办点事，哪知竟落得跟一班侏儒一样，东方朔感慨万分。一天，领完钱米出来后，东方朔便对他们说："你们死到临头了，还洋洋得意前来领钱米?"那群侏儒一惊，见是经常见面的东方朔，忙问东方朔为何这样说。东方朔便装得一本正经地分析道："你们想想，你们不能做官，又干不了农活，当兵也不成，对国家有什么好处呢?只不过是白白浪费国家的钱粮，如果处死你们还能节省许多钱财，两相比较当然取前者了。但这样杀你们又无法定罪，所以便假装骗你们来，说是侍奉天子，其实是想暗中找个借口，杀掉你们。"侏儒们一见他说得有鼻子有眼，便相信了他，想到命在顷刻，不由大哭起来。东方朔又假装道："你们哭也没用，唉，看你们无罪受戮，我也很难过。这样吧，我有个办法或许可以解救你们。你们等圣上御驾出来，就一齐叩头请罪，或许圣上会慈心大发饶恕你们。如果圣上怪罪，你们就都推到我头上，由我承担好了。"说完转身就走了。东方朔本是穷极无聊，跟他们开开玩笑，借此发泄自己怀才不遇的不满。不想那群侏儒信以为真，天天到宫门外守候。一天，武帝终于出宫了，侏儒们一拥而上，跪在地上不停叩头，请求饶命。武帝大吃一惊，心想自己未曾要杀他们，只叫他们待诏公车，怎么跑到这儿来请求饶命。一问之下才知是东方朔捣的鬼，便对侏儒们说："朕

绝无这种意思。你们先回去，朕明日就把东方朔找来问个明白。”

东方朔正愁苦不堪，听到召见，大喜，以为朝廷总算要用自己了，便高兴地前去见驾。武帝对东方朔假传圣言正气愤不已，一见东方朔相貌，心想这人如书中所说不错，果真相貌超群，看来是个奇才，怒气不由减了几分，便问：“你竟敢假传圣旨，造谣惑众，眼里还有王法吗？”东方朔听后吃了一惊，这才知自己那天的玩笑开大了。想到汉廷广征文士，要加以重用，自己待诏公车这许多时候，却一直未得召见，不由满腹牢骚，当下便说道：“臣生也要说，死也要说。侏儒身高三尺，每次领一袋粟，钱二百四十；臣身高九尺有余，也领同样的钱米。侏儒恐怕要饱得要死，臣却要饿得半死。圣上所言择贤而用，量才用人，又岂不是空言吗？臣以为陛下喜欢人才，前来应征。既然圣上不用，那就下令放臣回家，不要让臣每日只在长安待诏，领那一点钱米，否则总也难免被饿死了。”武帝一听不禁哈哈大笑，佩服东方朔的口才、机智和诙谐，便让他待诏金马门，不久以后又升他为常侍郎，让他经常陪伴在自己身边。

武帝当时由于祖母太皇太后窦氏的干预政权，手中大权旁落，是空有一肚皮雄才大略而无从施展，只好整日和一班侍臣厮混，饮酒作乐、吟诗对对、嘲花弄月以排解胸中的闷气，也借此掩饰自己。东方朔在这一班侍臣中，常以诙谐滑稽的语言为武帝取乐，很受宠爱，武帝对他的一些放浪形骸的行为也不加责怪。但也许正因为他是以一种机智诙谐、玩世不恭的特征而受到武帝赏识的，所以虽然他自称通晓文史、博学多才、有勇有谋，在武帝掌权后也不像对其他侍臣一样在政治上重用他，只不过把他当作一个弄臣而已。

东方朔对这种处境自然不满，并且他虽表面诙谐滑稽、玩世不恭，其实他是一个有才能、有抱负、关心朝政和天下百姓的人，所以便常借这种诙谐的方式隐蔽地加以反抗，对武帝的一些举措进行劝谏。

武帝喜欢游猎，往日未亲掌大权时自然没人管他。待他亲掌大权后，再想出去射猎，众大臣就极力谏阻，武帝无计可施，只好不时到皇家的上林苑过过瘾。但上林苑毕竟太小，再说总有一大群侍卫先把猎物们赶出来让他射，不是真正的打猎，日子一久武帝便兴味索然。最后总算想出一个法子来，即易服偷偷出宫。先让一群善射的少年在宫外等着，然后自己只带几个近侍偷偷出来会合，跑到南山射猎。一日，朝中没什么大事，武帝处理完朝政，一时猎兴大发，便故伎重演，带一班随从到南山射猎去了。时值春夏之交，田里庄稼生长得很好，到处一片碧绿。远处农舍里，炊烟隐约可见；近处田地里，有三三两两的农人在干活。一时间武帝对自己的政绩颇为得意，他挥着马鞭，带着一副指点江山的神气驰入山中。山中也是百花开放，香气扑鼻，树上鸟雀无

忧无虑地唱着歌，一派欣欣向荣的景色。武帝一班人闯入山林中，很快就惊起了一群野物，众人纵马驰射很是快意。突然，武帝看到一只高大强壮的梅花鹿，不由大喜，纵马上前。梅花鹿惊惶地逃跑，稀里糊涂中竟向山外奔去。武帝拍马追去，射了一箭，正中鹿背。那鹿中箭受伤却并未倒下，而直向农田中跑去。武帝不假思索也追上去。一班随从见武帝追逐一鹿也跟了上来，长着庄稼的田地成了猎场。经过众人一番努力总算把鹿射倒，大片的作物却早被践踏得不成样子。愤怒的农民把他们包围起来，当地县令得报后也马上领着一群捕快前来捉拿他们。武帝一看要出丑了，赶忙逃跑。有几位跑得慢的随从被截住了，只得拿出证物证明身份，才得以脱身。武帝这一逃是狼狈万分，当时天色已晚，只得在一家旅店投宿。店主一看这班人个个拿着刀枪，衣服又脏，还带着几个袋子（装猎物的），隐隐看见其中有血迹，以为他们是盗贼，便一面安排他们住宿，一面偷偷到村里召集了一批年轻力壮的小伙儿，准备捉拿他们。幸好店主夫人聪明，看出他们不像盗贼，把店主灌醉，又把众人劝回。武帝吓得一夜不曾合眼，第二天，天一亮，就匆匆回宫了。

宫中因皇上一夜未归也乱作一团。消息传出来，朝中大臣也吓坏了。武帝回来后便遭到大臣们的激烈批评。他深知自己的错误，加上受了一番惊吓，很长一段时间都不敢出去游猎了。但时间一长却还是闷得难受。吾丘寿王是个善于察颜观色的人，一看武帝闷闷不乐的样子便上奏请求拓宽上林苑，使上林苑直接南山，这样就可以自由射猎了。武帝并非没此想法，只是担心由自己提出一定会遭到谏阻，到时自己难于下台，现在欲渡河而船自来，自然顺水推舟准奏，下令估算圈去的土地价钱补偿给农民。当时朝中大臣因一而再再而三劝阻武帝游猎，已引得武帝大为不满，这时怕武帝恼羞成怒，都不敢再劝阻。并且看到武帝因不能游猎而愁闷的样子，也怕他闷出毛病来。这拓宽上林苑，虽有点劳民伤财，但国库盈饶也还可以承担，于是也就没人出来谏阻了。

东方朔对武帝丢下朝中政事而去游猎本来就有异议。而且他深知南山周围地区是关中最为富饶之地，物产丰富，对保证长安城的粮食供应至关重要；这地区还是交通要地，如果圈为上林苑，劳民伤财之害，不单是以地价可算的。自己既立志做“天子大臣”为民谋利，现在身为常侍郎，武帝对自己又颇为宠信，看到其中利害，自然应该上书劝谏。于是上奏武帝谏止辟苑，列举了“三不可”的理由，举出殷商和楚灵王以及秦朝灭亡的史实作为例子。武帝毕竟是个圣明天子，见奏章分析有理，虽然有逆自己的心意且把自己比作楚灵王一类人物，也不以为怪。并且也知东方朔放浪形骸惯了，如果当场拒绝，不知东方朔又会做出什么别的令自己难堪的举动来。所以便准了东方朔所奏，并拜他为大中大夫，兼给事中。

东方朔见自己谏止武帝拓宽上林苑成功，总算为民做了点好事，心中很是高兴。再说自己这些年来一直处于一种近似“倡优”的地位，才能得不到发挥，现在被封为大夫，总算有了施展才能的机会，更是欢喜异常。然而还没等他高兴完，武帝却已下诏动工拓宽上林苑，如同什么事也没发生过一样。东方朔一看武帝既当着众大臣的面准了自己所奏，还由此拜自己为大中大夫；现在又出尔反尔，动工拓宽上林苑，对自己的加封则无异于一种嘲笑。想到自己虽博学多能、谙熟历史、知晓兴亡，但跟一个倡优地位有何区别呢？自己当初应征被诏，本以为能凭自己的才能做“天子大臣”。现在悉心尽忠侍奉武帝已有十多年，依然官微职低，空负一身才学，不过被当作一个文学“倡优”。俸禄之少，竟连亲兄弟都照顾不了。朝廷的择贤而用体现在哪里呢？不由得感慨万千。

但东方朔对武帝仍抱有一丝希望，希望他能看到自己的政治才能，对自己委以重任。因此这事过后不久，他又上书武帝陈述重农、富国、强兵之策。武帝看后仍然不屑一顾。这下东方朔是彻底地看清了，武帝对自己的宠幸确实是因自己的滑稽诙谐，而自己的才能抱负终究不会实现。虽是朝夕陪伴着圣明天子却是怀才不遇。然而心里所想的，却不能直说，只好写了篇《答客难》来抒发自己才高位卑、生不逢时的苦闷不平的思想情绪。不想，《答客难》却成为千古流传的名篇。

自连遭如此打击，东方朔思想上有了很大的转变。他开始消沉下去，自称“避世于朝廷间”。他更加放浪形骸，玩世不恭，终日饮酒狂欢，被宫中称为“狂人”。有一次，他喝得大醉，等到上朝时还未清醒，只是稀里糊涂地跟一班大臣叩拜行礼。武帝知他一向不拘小节，自己也已习惯了，因此并没有责备他。行礼完毕，一班大臣便开始奏事，武帝一一决断。最后正当武帝准备问一句“有事快奏，无事退朝”时，只见东方朔醉意十足、步履蹒跚地出列。武帝以为他又要劝谏自己，正要发问，哪知他却走到殿中柱子跟前，当众小便。原来东方朔酒喝多了，站了这么长一段时间，不由内急起来。醉眼蒙眬中也分不清这是什么地方，看见一根大柱子，便走了上去方便。武帝一看不禁大怒，东方朔这一乱来大煞皇家的庄严，天子威风竟被他藐视，幸好众大臣替他求情，他才被免掉死罪，最终被贬为平民百姓。

东方朔被贬为平民后，想到自己悉心侍奉天子，却怀才不遇，落得个如此下场，悲痛万分，朝夕诵读所作的《答客难》，感慨自己生不逢时，最终郁悒而死。

《美人赋》 司马相如不乱怀

大辞赋家司马相如应召拜见汉景帝。景帝早就听说过司马相如能写一手好文章，才高气宏，是个博学之才，便授给他一个官职。司马相如见景帝很欣赏自己，便得意起来。

有一天，司马相如写了一篇大赋，辞藻优美。相如越看越高兴，第二天上朝时便呈给景帝。他想："陛下看了我的赋作以后会有什么表示呢？"这是他第一次送赋作给景帝看。

谁知，景帝的表现却出乎相如的意料。次日上朝时，景帝竟然一字没提相如的赋。相如觉得有点不安，不知景帝对自己的作品是否满意。想问一问吧，又觉得事情太小，不好当着满朝文武的面直问。所以当景帝问百官是否还有事需上奏时，相如也没有开口。

景帝似乎看出了相如的心思，但也没说话。走入后宫门时，他意味深长地回头看了一眼司马相如。

相如有点沮丧地走回家中。过了几天，相如又想：可能是皇上忘了吧？便又用心写了一篇，第二天就呈给了景帝。

景帝看完这篇颂扬自己的文章后，并没有表现得惊喜异常。他淡淡地笑了一下，说："写得不错，到底是司马相如啊。"

相如心内一喜，又听景帝说："可是你写那么多赋啊、诗啊什么的，是能使国库里增几枚钱呢，还是能让战士们多杀几个敌人呢？"

司马相如一下子面红耳赤起来，他看着景帝手里那卷自己的苦心之作，竟一时无言以对。呆了半晌，他向景帝叩了头，谢罪退出，从此再也没有向景帝献过赋。

不久，梁孝王来朝晋见。是时，天下有名的游说舌辩之士齐人邹阳、淮阴枚乘、吴庄忌夫子等都跟随梁孝王来到京师朝见，这些人也都是有名的辞赋作家。

一日，景帝设宴请梁孝王诸人。看样子，邹阳诸人极得梁孝王宠爱，不啻贴身心腹。

司马相如见之不由心动，他想起当年的邹阳。邹阳初游吴王刘濞门庭，为吴王门客却不受重用。刘濞谋反时，邹阳以辞辩之长，上书吴王谏阻，却终未被采纳。邹阳知刘濞必败，遂去吴而游梁。梁孝王十分欣赏他的才能，遂以之为文学侍从。

待梁孝王归后，司马相如便称病不朝，不久又借病辞归。景帝倒也不以为然，慰抚一番，准了相如的请求。

三个月后，司马相如终于风尘仆仆地来到了梁。一望见梁的都城，相如微微吐出胸中一口郁气，同时又有些激动。他平静了一会儿，便向梁王的王宫走去。

就这样，司马相如做了梁孝王的文学侍从，和邹阳、枚乘等辩士住在一起。其实梁孝王早就想把司马相如招致门下，又见相如容貌出众，风度翩翩，对他更是宠爱不已。一时间，相如的风头盖过了枚乘等人不少。

俗话说："先入者为主。"司马相如比邹阳等人来得晚，却后来者居上。时间一长，邹阳这些人可不干了。

有一天，梁孝王和邹阳等人深夜谈文。谈兴正浓时，邹阳忽然对孝王说："我听说，司马相如的人缘有点不太好。"

梁孝王感到非常惊讶，便问道："为什么？"

邹阳说："相如本就长得漂亮，再加上他平日里还喜欢打扮，像妇人一样，喜欢穿华丽的衣裳……据说，他不怎么忠厚，老是靠花言巧语来拍别人的马屁。而且，相如又经常在大王您的后宫中进进出出。难道……大王您不知道吗？"

听了这些话，梁孝王一下子皱起了眉头，心里也不知想了些什么。邹阳见火候已到，便向梁孝王告退了。

第二天，梁孝王一见到司马相如，劈头就问："听说你很好色，是吗？"

司马相如很惊异孝王有此一问。他脑筋一转，立刻猜到是有人在梁孝王面前说了自己的坏话。于是，他立刻回答说：“回大王的话，小臣从不好色。”说完，便毕恭毕敬地侍立着。

梁孝王盯住相如的眼睛，又问道：“与孔子、墨子这两位古代圣人相比，你也不好色吗？”

相如一下子轻松起来，浑身的不舒服立刻消失了，他早就想好了如何回答。

“孔墨也不过是古代回避女色的人罢了。齐国人送给鲁君几名美女，季桓子沉湎于她们的美色，一连三天没有上朝，孔子便离开鲁国而远侍卫国了。墨子也不太喜欢音乐美色，他驾车到朝歌时，听到朝歌之邑有美妙的音乐，便调车不顾而返。而小臣认为，此二人也不过是有如水中防火，山坡上躲避落水，纯属杞人忧天之举罢了。小臣自幼生长于西蜀成都之土，独自一人逍遥而居，房屋非常空旷，也没有个人能和我欢娱行乐，而小臣亦能自得其乐而不以为苦。我的东边邻家有一个艳丽异常的女子，鬓发如云，眉毛细长弯曲，牙齿洁白。她正是青春年少时候，容貌丰盈，体貌姣好。立于旷野，宛如初升之日，光彩四溢，使人连看都不敢看，怕伤了自己的眼睛。这个美女在东邻之院翘首举足而望，对我的西院频频盼顾，希望能够和小臣共作鸳鸯之鸣。她就这样攀上墙头向我张望了三年之久，但我还是对她置之不理。请问大王，是古代的孔墨两位圣人不好色呢，还是小臣更不好色？”

梁孝王正听得入迷，猛然被司马相如这么一问，便有点迟疑起来：“这个……”

相如又说：“小臣窃慕大王的高义大德，所以传令御史驾车马而东来。臣由西往东，途经郑卫之地，取道男女幽会之地桑中……”

郑、卫之地多出美女，男女幽会颇为盛行，其人亦歌喉柔美，歌如：“期我乎桑中，要我乎上宫。”故梁孝王听相如说到郑卫，脸上不由现出神往之情，他急忙问道：“先生经过桑中之地又如何呢？可否说于寡人听？”

相如稍微犹豫了一下，便接着说：“小臣自清晨于溱洧两河水边启程，黄昏时分我在上宫中歇宿。上宫本是一座极其幽静、闲散的宫室呀，它像一棵秀劲的树一样，处于虚无缥缈的云雾之中，宛如一位美女寂寞无依。不论是大门还是侧门，在白天都紧闭着，若有神仙在其中独居。

“我心中默想，会是谁在这儿呢？便推开宫室的门走进屋堂。忽然，我闻到了一股浓烈而又不让人眩晕的香气。在香气缭绕中，绣有花纹的帐幔高高地挂着，随着进来的微风轻轻地晃动。

“随着我的目光流转，我不由得心跳加速：有个秀丽的女子，独自一人坐在床上。她神态自然，犹如一朵奇艳的花朵那样浑然天成，又光彩焕发，如朝霞照亮了人的眼睛，简直不知她那娇妍的姿质和美丽的光彩究竟自何处而来……”

刚说到这儿，司马相如似乎觉得自己有些失言，忍不住抬头看了梁孝王一眼。谁想，梁孝王也正在看他呢，二人不由得会心大笑起来。

梁孝王笑得连声咳嗽，又催促相如说：“讲下去！讲下去！”

相如便继续讲他的故事：“那美女其实早就看到了小臣，只不过她一直没有开口讲话。她长时间地凝视着我，过了一会儿，她微微一笑，说：‘请问，您是哪国的公子？您所来的地方离这儿很远，是吗？’我朝这位主人鞠了一躬，便坐下来，回答说：‘是的。’

“美人便奉上美酒和佳肴，又从内室捧出一架弦琴。于是，我十指一按琴弦，弹起古代两首有名的高雅之作：《幽兰》和《白雪》。

“弹到动情之处，小臣不由泪流满面。美人亦随小臣乐曲翩翩起舞，口中歌曰：

独处一室啊我寂寞无依，
思念那佳人啊心中多么忧伤！
你是我心中之人啊却又翩翩来迟，
黄昏将至啊我的美貌也将衰老。
趁这韶华未逝啊，
我愿托身予您，两相爱慕！

“美人两眼含泪，亦歌亦舞。玉钗触动了我的帽子，丝织罗袖拂过了我的衣裳，使人哀怜不已。我的悲伤却更沉重地压在心上！是为那青春将逝的歌女呢，还是为我自己呢？我无法弄明白。那时候，已是日落西山，暮色降临这座宫殿。天色昏暗不明，寒气也侵入了房门，素白的雪花一片片在庭院内飘零。”

听到这儿，梁孝王已流下眼泪，两只手紧握在一起。是否，他也想起了自己死后，眼前的一切都将不复存在？

“这时房中宁静无声，不闻人语，如处绝世之境。而美人已经铺设寝具：玩赏用的珍奇珠宝、取暖用的金笼薰香都罗列在前，锦褥层层铺陈，角饰的枕头横放床头。

“美人解开了她上身的衣服，露出里面的贴身内衣。她娇羞满面，云髻低垂，体骨柔细，肌肤丰满白腻，不时地来亲近我。

“我心中忧伤尚未消除。说不清是什么原因，我仍内心虚静，呼吸正常，心正于怀，而且信誓旦旦，秉志不回。就这样，及至天明，我便高飞远走，和那孤独的美人永远相别了！”

却听得梁孝王一声长叹。

《上林赋》 缓成抑枚皋

汉武帝刘彻十岁被人扶上皇位，但他终究是一位幸运的皇帝，没有成为别人手中的牵线傀儡。当时，西汉正是“文景之治”后，国力最为强盛，威名远扬，皇权赫赫。汉武帝更是以武力开疆拓土，四方用兵，使西汉版图不断扩大。他也爱好文艺，能诗善赋，曾写过《李夫人歌》和《悼李夫人赋》等名篇，颇得时人称赞。汉武帝也颇为自得，又欲以文名自炫，凡是有才学、有名望的文人，他都要招入朝廷委以官职，以备歌功颂德之用。

有一日，武帝外出行猎，运气出奇地好。不管猎物跑得多快，一箭便中，不久便猎得满车猎物。更加上随从大臣、奴仆等又纷纷叫好，汉武帝就飘飘然起来，仿佛自己真是神箭手一般。

回到宫中，武帝游兴未尽，忽然看见案上有一篇文章。拿起来一看，原来是一篇大赋，名叫《子虚赋》，是一个叫司马相如的人写的。

《子虚赋》假设楚国的子虚出使齐国，向乌有先生夸大口，说楚王在云梦泽游猎时的盛况，非齐王所能及：

王车驾千乘，选徒万骑，畋于海滨。列卒满泽，罘网弥山。掩兔辚鹿，射麋脚麟。骛于盐浦，割鲜染轮。射中获多，矜而自功。

汉武帝看完后大喜，连称作者高才，称这赋波澜壮阔、气势宏大。尤其当他读完楚国使者子虚向乌有先生夸耀楚国云梦泽土地之广、景色之美和楚王田猎之盛那一大段文字时，更是大为赞赏、拍案叫绝。

武帝以为司马相如是前朝人，不由惋惜地叹口气说："独我不能与司马相如生于同时。不能见他一面，真是太遗憾了！"

正在旁边侍候武帝的养狗太监杨得意听见武帝的叹息声，连忙跪禀道："启奏陛下，这司马相如不是前朝人，他乃是本朝人。陛下见他何难？只要下一道圣旨，司马相如就会很快入朝的。"

"哦！司马相如是本朝人士？你怎么知道的？"汉武帝惊奇地问道。

杨得意回答说："小臣和司马相如本是成都同乡，是以知之。《子虚赋》是他在梁孝王府中做一名门客时，花了好几个月的工夫才写成的。他亲口对小臣讲过此赋，由是得知。”

汉武帝听后，更加高兴了，说：“如此高才之人，岂可埋没民间，不入朝廷？他现在何处？我马上派人召他进宫。”

杨得意说：“司马相如才高博学，实是不可多得的上上人才。这正是大汉之灵气感生而成。司马相如已与成都富豪卓王孙的寡女卓文君结成夫妻，如今正在成都府临邛县开设酒店，以卖酒为生。”

汉武帝笑道：“如此俊才，岂可当垆卖酒？”

不久，汉武帝便派人前往蜀郡临邛，召司马相如进京见驾。

于是，司马相如和卓文君立即奉旨随使入京了。汉武帝在殿上接见了他。

汉武帝见司马相如身材颀长健壮，相貌堂堂，一表人才，眉宇之间神采飞扬，心中十分高兴，便笑着问他：“《子虚赋》可是你写的吗？”

司马相如回答说：“这是小臣几年前写的，实在是很不像样子，不想承圣目垂青，实在是诚惶诚恐。”

汉武帝哈哈一笑，道：“写得很不错嘛！你能照这样子再为我写一篇赋吗？”

司马相如稍一犹豫，恭恭敬敬地回答说：“《子虚赋》所记的是诸侯之事，实不足观。请陛下准许小臣侍奉陛下再

游猎一次，小臣将另写天子游猎赋献给陛下。”

汉武帝心中很高兴，便把手一挥道：“好！我明天就去田猎，你就陪我同行吧。”

第二天，汉武帝果然带了司马相如去上林苑游猎，同去的还有枚皋、佟军等人。回来后，汉武帝有意想看一看司马相如与枚皋等人谁更才高，便命枚皋等人也各自写一篇赋。

枚皋是写过《七发》的著名辞赋家枚乘的儿子，自小就受父亲指点，才思敏捷，为时人所称道。当晚领旨回家，枚皋就开始构思，几天工夫就把天子游猎赋写好了。他虽然写得很快，但由于缺乏推敲，文中常有一些累赘，也缺少宏大的气势。汉武帝虽然赞扬他的才思敏捷，但对他的文章却不甚满意。

司马相如这次为杨得意荐举，应召入朝，奉命作赋，深感责任重大。他想，《子虚赋》既已为圣上赞赏，《上林赋》记天子游猎之盛更须超过《子虚赋》才行。

司马相如本来就文思迟缓，为了把《上林赋》写得更好，更是小心翼翼，广采博引，字斟句酌，比往日倍加用心尽力。这样，一直写了半个多月，他才只写了个开头。汉武帝在宫中却有点不耐烦了，他疑心司马相如是个骗子，跑到宫中来骗自己，要不然，怎么会半个多月也不见他来？枚皋可是两三天就完成了呀。汉武帝便问狗监杨得意：“枚皋早已交稿，那司马相如却为何至今还未完成？若是他胆敢欺骗寡人……”

杨得意见汉武帝面带怒容，连忙为司马相如辩解道：“陛下知道，文在工而不在快。那年，《子虚赋》也费了数月之功哩。请陛下稍缓时日，再等数月，司马相如定会有佳作呈上。”

汉武帝这才消了火气。

过了几个月，司马相如终于完成了《上林赋》，呈给了汉武帝。《上林赋》紧接《子虚赋》而写，夸耀汉天子在上林苑狩猎的壮观景象，气势压倒齐楚。赋曰：

> 且夫齐楚之事，又乌足道乎！君未睹夫巨丽也，独不闻天子之上林乎？左苍梧，右西极，丹水更其南，紫渊径其北。终始灞浐，出入泾渭，酆镐潦潏，纡余委蛇，经营乎其内，荡荡乎八川分流，相背而异态，东西南北，驰骛往来：出乎椒丘之阙，行乎洲淤之浦；经乎桂林之中，过乎泱漭之壄；汩乎混流，顺阿而下，赴隘狭之口。……

《上林赋》控引天地，错综古今，包括宇宙，总览人物，气魄雄伟，文字典雅。武帝看后，更加赞赏，边看边对杨得意说：“天下宁有此人乎？”

汉武帝御笔一挥，下了一道圣旨，封司马相如为郎（汉

朝官职名），深加器重。甚至连杨得意也连连升迁，不再做养狗太监了。

自此，汉武帝每次外出巡游，到地方上看到有什么珍禽异兽宝物，都要命令司马相如以赋记之。而汉武帝自己也做了几百篇大赋来记录自己的观感，每次都是一挥而就。而司马相如却总是写很长很长时间，费尽心力去构思、推敲、琢磨，往往要费一个月甚至几个月的工夫。

可是汉武帝把司马相如的赋同自己的赋一比较，就不由得叹息司马相如的用笔神妙，自己远不及他。

有一次，汉武帝跟司马相如开玩笑说："你的文章很好，可就是写得太慢了。以吾之速，易子之迟，这样可以吗？"

司马相如也颇为幽默地说："为臣倒无不可，不知陛下文思迟缓之后能够写得像您现在一样好吗？"

汉武帝听了，哈哈大笑。

实际上，司马相如和枚皋的赋各有特色。正像西汉末年的大辞赋家扬雄所说："枚皋下笔快捷，'时有佳句'，故军旅之际，戎马之间，飞书驰檄，可以用枚皋的文章；而相如下笔迟缓，'首尾蕴丽'，廊庙之下，朝廷之中，高文册相可以用相如的文章。"

但是，令枚皋悲哀的是，他虽然才思敏捷，下笔顷刻千言，写了一百二十篇赋，却一篇也没有流传下来。

《长门赋》 阿娇空垂泪

雄才大略的汉武帝刘彻娶了表妹陈娇为皇后。然而，两人结婚已有十多年了，陈娇却很少有过舒心的笑容，汉武皇帝也是很少踏入她的宫门。因为陈娇虽已与汉武帝结婚十余年，却不知什么原因，一直没能生下一男半女。武帝也曾请了不少天下名医，甚至请过据说能通神灵的术士，然而陈皇后却依然如故。

就因为陈皇后不会生育，汉武帝也生了一肚子闷气，因而很少到她宫里来。陈皇后本来就觉得委屈，又见武帝不踏宫门一脚，更忍受不了无尽的冷淡和难熬的寂寞。

汉武帝不愿沾陈皇后的边儿，就跟别的爱姬经常在一起，好不热闹。可在陈皇后看来，这简直就是故意摆给她看的。怒气一上来，陈皇后就要跟武帝吵闹一番，弄得武帝好不恼火，但又不敢发泄出来。因为武帝自己知道，他之所以能够当上皇帝，也全亏了陈娇母亲的相助；再说呢，自己又

是皇后的表哥，有着两重关系。既然惹不起，就躲得起。汉武帝也只好采取这一办法，平日里对陈皇后总是敬而远之，不见为佳。

陈皇后毫无办法，吵闹也没有用，只好一转身跑回娘家，向家里人哭诉自己所受的冷遇。陈娇皇后的母亲是刘嫖公主，她听女儿说受了委屈，很不高兴，便赶紧来到亲家母皇太后的宫中，向亲家母抱怨个不休。武帝的母亲心软，又觉得自己的儿子确实是有点过分，便找了个时机，劝儿子说："儿呀，你要三思而行才好。你想想，没有你姑母，你登不上王位。现在你靠你姑母登上王位，却又对你表妹不好。要是你姑母一生气，说不定还会发生什么变故呢。而且，你刚登王位没几年，年纪轻，见识不多，谁知道这满朝文武是不是全畏服于你呢？先些时候，你盖了明堂，太皇太后就已经有不少意见了。你要是想继续坐皇位，就不要让你姑母生气，免得出大事。女人都喜欢听好话的，对陈皇后你要多体贴温柔一些，她和你姑母就都不会怪你了，你要小心才是。"

母亲的这番话也的确引起了武帝的警戒之心，他平心静气地思考了一番，觉得自己也实在有点对不起阿娇。此后，武帝对陈皇后的态度改变了不少，接连到她宫中去了好几天，对她温柔起来。阿娇见武帝对自己好了起来，晓得是母亲的话产生了作用，不禁暗暗得意，心花怒放，便觉得以前跟丈夫吵闹实在是不该。于是两人感情恢复如初，竟似新婚不久的夫妻一般。

但事情并没有这么简单，这大概是陈皇后也没有想到的。

偶然一天，武帝下朝以后，闲来无事，便起驾到姐姐平阳公主家中做客。平阳公主摆盛宴招待他。平阳公主也深知武帝和陈皇后平日里的别扭，见武帝愁眉苦脸的次数多了，也颇为武帝忧心。今儿见武帝又是闷闷不乐，无心下箸，知道又是想起了后嗣一事，便叫出了数十名年轻佳丽为武帝捧觞劝酒，想让武帝舒心一下，或许武帝能从中选择一个称心如意的人儿。

可武帝并不在意眼前这一群花花绿绿、娇声细语的女子。宫中的女子均是绝色粉黛，又何止这几个二八佳人？武帝只向她们瞟了两眼，就低头不顾，自顾自地一杯接一杯地喝闷酒。平阳公主见武帝看不上这帮女子，略觉有点尴尬。她一挥手，招来另外一群歌女前来表演歌舞。武帝初时也没甚在意，偶尔一抬头，不由得呆住了：歌女群中有个歌女歌喉圆润动听，如黄鹂鸣叫；容貌秀丽清佳，体态轻盈，宛如月宫之人下临凡世！

武帝手中的酒也忘了喝，只是目不转睛地望着她好长时间，想入非非。平阳公主故意不去打扰武帝，也不让歌女们停止歌唱。过了一会儿，平阳公主轻声问武帝：“这个歌

女卫氏，你觉得她的表演怎么样？”

武帝没有回答公主，却情不自禁地问她：“她是哪里人？叫什么名字？”

平阳公主赶紧说：“她是平阳人，名叫子夫。”

武帝不再言语。过了一会儿，武帝便说自己体热要换件衣裳，便离开座位走到平阳公主的更衣室中去。平阳公主心领神会，立刻叫卫子夫去服侍武帝。过了好长一段时间，武帝脸上带着满足的笑容走出更衣室。子夫跟在后面，双眼迷离恍惚，脸颊微红，娇憨可爱，抿着个鲜红的嘴儿，一声不语。

重新落座后，武帝还是有点魂不守舍，不时拿眼睛去看子夫，越看越爱。平阳公主早知其意，便说：“此女色艺俱佳，我想把她送入皇宫侍候陛下，不知……”

话还没说完，武帝便连连称好，心里对姐姐平阳公主感激不尽，遂赐千金。平阳公主即命卫子夫梳妆打扮一番，待宴席散后，便随武帝进宫。卫子夫并不刻意打扮，仅淡施脂粉，更显得妩媚多姿。武帝带领子夫在傍晚时分入宫，谁知越怕被陈皇后看到，偏偏就被陈皇后碰见。

敏感多疑的陈皇后一见清水芙蓉般的卫子夫，就立刻起了疑心，紧紧盯着武帝，问道：“这个女子是谁？”

武帝有些气短，连忙说：“是我姐姐平阳公主的家奴，入宫……她仍然为奴。”

陈皇后哪里会轻信武帝的话，她跟武帝做了十几年夫妻，也深知武帝的多心和狐疑，便冷笑一声，转身走掉了。果然，这一夜武帝没到陈皇后宫中。陈皇后知道自己的猜想被证实了，又气又恨又羞，禁不住哭起来，一夜未眠。

汉武帝也知道陈皇后的厉害：没有她的母亲和她母亲手下的一帮大臣，哪会有今日座下这皇位？再说，自己不也少年发誓说，要“造金屋以贮娇”吗？他不敢得罪陈皇后，便把卫子夫安顿别室，次日仍往皇后宫来。

可汉武帝到底抑制不住自己的情欲，没多久又跟卫子夫混在一起，而且卫子夫不久就怀了孕。于是，这事很快就有人报知了陈皇后。

陈皇后不由得暴跳起来，立即跑到武帝跟前吵闹，又哭又骂，说武帝欺骗了她，埋怨武帝不顾夫妻恩情，又骂卫子夫是个小妖精。武帝顿时怒气冲天，便不管三七二十一反唇相讥道：“你自己不能生育，难道还要让我刘姓皇脉断了香火不成？”

陈皇后一下子被噎住了，一时无语来反驳武帝，只好含泪愤愤退下。武帝一气之下，也不去管她。陈皇后在嫉妒的冲动下，又跑到母亲处大哭一场。母亲疼爱女儿，又怨武帝不顾亲情，而且还密谋要把卫子夫除掉。

不料，陈皇后行动不慎，被武帝看了出来。武帝便加强了对卫子夫的护卫，从此只跟卫子夫住在一起，再也不肯踏

进陈皇后宫中一步。陈皇后更加恼火，她想除掉卫子夫的愿望也更加强烈了。这时，她的全部心思好像都放在了卫子夫这样一个小女子身上，反而对武帝不太注意起来。

终于，陈皇后的手下人报告了一条消息，原来卫子夫的兄弟名叫卫青，就在建章宫中当一名小官。

陈皇后大喜，报仇的念头使她不顾一切。她立刻让人把卫青抓了起来，并立即送往法场。幸亏，卫青的好友公孙敖知道了，盛怒之下，便立即集合了他手下的一帮心腹，截住了正押送卫青到法场的监斩人马。经过一场激烈的打斗，终于把卫青从他们手中夺了回来。然后，公孙敖立即跑到朝廷，把详细情况禀报了汉武帝。

汉武帝一听，顿时气得七窍生烟。他再也不能忍受陈皇后的傲慢和任性，便干脆封了卫子夫为夫人，在宫中众多妃嫔中地位仅次于皇后；又立即擢升刚被救下的卫青为建章宫总管兼自己的贴身卫士；还厚赏了有功的公孙敖。

陈皇后和母亲本来想先杀掉卫青，然后再窥机干掉卫子夫，却想不到弄巧成拙，反而让卫青做了显要的官员。

一日，陈皇后偶然见到宫中正在祭祀神灵，心中忽然又生出一计。她连忙派人找到了当时颇有名气的巫婆楚服，厚赏了她许多金银珠宝，让她在内宫秘密设了神坛请神，想借神力诅咒卫子夫，让她死去。

楚服在内宫里秘密作了几个月的法，请了几个月的神，念了几个月的咒，却连一点效果也没见到。卫子夫安然无恙，陈皇后自己反倒担惊受怕了好几个月。更为糟糕的是，汉武帝最终还是知道了这件事。汉武帝雄才大略，身体强健，什么大风大浪也不怕，什么妖魔鬼怪也不怕，所以非常憎恨玩弄妖术巫术的人。

武帝立即派人拿住了楚服，让御史大夫张汤彻底调查清楚这件事。张汤是当时最著名的酷吏，他惩治罪犯的手段多得出奇，也狠得出奇。汉武帝也正因为他办起案子来手段毒辣，杀人杀得多，就特别信任他。楚服到了这个活阎王手里，哪里还敢狡辩，早吓得路都走不成了。张汤眼睛一瞪，还没说话，楚服就已经吓坏了，赶紧磕头请罪，把前因后果一点不落地招了出来。

张汤听完后，嘿嘿一笑，判了楚服的死罪，又把她的徒弟和跟这件案子有牵连的人一概拉到刑场处死。第二天一上朝，张汤干净利索地把判决书呈给了汉武帝。武帝见他办案迅速有力，大笔一挥，全部批准，还连声称赞他办事能干，有魄力。

陈皇后呢，她听到这个消息，早吓得三魂出窍，头捣在地上就如鸡啄黄米一般。不过幸亏武帝还没忘了“金屋藏娇”的誓言，就没有下手杀她，仅仅把她的皇后之位废了。其实，按照当时的律例，陈皇后不顾自己身为皇后，却肆意诅咒，实是大逆不道，早就够上杀头了。不过，武帝想到如

果自己的结发妻子被砍头，无论如何都是件不太光彩的事，还不等于打自己的脸？

这样，被废去皇后名位的陈阿娇便凄凄惨惨地住进了长门宫，从此只与宫女见面，守着些冷月、残花过日子。

事情传到刘嫖公主的耳朵中，犹如响了一个晴天霹雳一般。她赶紧跑到宫中，跪在汉武帝面前磕头认错，为自己的女儿求情。好歹也是自己的丈母娘，汉武帝赶紧还礼。他想起自己是岳母一手提拔起来的，要是没有岳母把阿娇嫁给自己，没有岳母在汉景帝面前说好话，太子的名分哪会落在自己的头上。武帝拿出许多好话来安慰她说："皇后干出这种事来，我也没有办法，只好依法办事。要不这样，我也就没法在臣子们面前说话了。但您放心，我绝不会忘恩负义，叫阿娇吃苦头。她住在长门宫，就跟住在上宫里没什么两样，您放心好了。"

刘嫖公主谢过武帝，回到了家中。此后武帝对她一直很亲热，也常去瞧瞧她。可汉武帝到底是辜负了自己许下的诺言。从此，他只管放心大胆地跟卫子夫寻欢作乐，哪儿还情愿去看一看陈阿娇呢？

可怜的是阿娇，昔日金枝玉叶的显赫皇后，今日做了冷宫的阶下囚。她常常幻想武帝会来探望自己，甚至还渴望着自己仍能回到宫中！然而，月缺了又圆，花落了又开，年华像水一样向前流淌，武帝却始终没有到长门宫中来探望一次。

陈阿娇只有对着一枚冷月绝望地叹息着，叹息着……

但她总不肯放弃自己仅有的那一点点希望，就像落水的人见到一根稻草一样，明知无济于事也要抓到手里攥紧。她听人说，司马相如的赋深为武帝推崇，便让人携千金找到司马相如，请他为自己写一篇赋。

司马相如当然心领神会。其时，他虽然还在病中，却仍然支撑着，提笔为陈阿娇写了一篇赋——《长门赋》：

> 夫何一佳人兮，步逍遥以自虞。
> 魂逾佚而不反兮，形枯槁而独居。
> 言我朝往而暮来兮，饮食乐而忘人。
> 心慊移而不省故兮，交得意而相亲。……

司马相如的这篇赋写得的确是情深意长，辞采华美动人。当陈阿娇读到“日黄昏而望绝兮，怅独托于空堂”这一句时，禁不住掩面哭了起来。她让长门宫的宫女们每天念诵这篇赋，希望汉武帝能够听到，能让他想起以前的夫妻情深而回心转意。

可武帝哪儿还敢把她弄回宫中呢？他躲还来不及呢！武帝的心早就被卫子夫拴住了，他还想立卫子夫为皇后呢，怎会想到陈阿娇？

陈阿娇每夜都在长门宫内游荡徘徊，口里兀自吟咏着为她而写的《长门赋》：

……下兰台而周览兮，步从容于深宫。正殿块以造天兮，郁并起而穹崇……

她早已模糊的眼睛环顾着四周：高大肃穆的宫殿、阴沉郁积的浮云、迅急殷殷的风雷、苍劲老枯的大树、寒冷恐怖的环响……公元前110年，当陈阿娇三十九岁时，她告别了这座孤寂、冷清的长门宫，在哀怨中离开了人世。

《逐贫赋》 扬雄志首阳

司马相如辞世之后大约六十余年光景，西汉又出现了一个辞赋大家——扬雄。

扬雄，字子云，四川成都人，生于汉宣帝甘露元年（前53）。他家境贫困，又其貌不扬，而且还口吃，一个字半天说不完。但他的长处却在于好学，每天读书不辍，又善于思考身边发生的事情。他对同乡司马相如很是崇拜，幻想有朝一日自己也能写出司马相如那样漂亮的赋来，成为司马相如那样的人。

二十多岁时，他从成都出发，历经艰难险阻，朝心中的京师方向走去。二十多岁，正是年轻有为、风华正茂之时，受一点磨难算得了什么？只要自己能够跋涉到京师长安，像同乡司马相如一样，有一篇文章为当今皇帝欣赏，就会一举成名，天下皆知，那才不算白活一场呢！

扬雄下定了决心要走到京师长安。一个人的意志，有时

会像金刚钻，只要你能够咬着牙忍受下来，就能无坚不克、无坚不入了。再说，走到长安，总比老死成都强，也总比做个穷儒生强。即使一时不得志，甚至终生不遇，当世不能成名，也应该像司马迁那样，博游大汉名山名川，广增见识，著书立说，传之后人。千年之后，终会有人提起“扬雄”这个名字的。

那时，他已小有名气，有人说他的赋像司马相如。扬雄一到长安，大司马车骑将军王音就相中了他，很看重他的才华，于是召他为门下吏，又向成帝推荐了他。

扬雄心中是多么兴奋！

成帝是一个很喜欢巡游的皇帝，他召见了扬雄以后，想试一试他的才华，便命扬雄侍随自己一起祭祀游猎。

成帝曾废止甘泉泰畤和汾阴后土祠，后成帝忧念自己无子嗣，又奉皇太后之命恢复郊祀甘泉泰畤和汾阴后土祠，以求嗣续。扬雄奉命作《甘泉赋》，写得瑰丽、奇伟。扬雄自己也颇为满意，摇头晃脑念了一段，觉得很像司马相如写的赋，不由大声诵读起来：

于是乘舆乃登夫凤皇兮而翳华芝，驷苍螭兮六素虬，蠖略蕤绥，漓虖襂纚。帅尔阴闭，霅然阳开。腾清霄而轶浮景兮，夫何旟旐郅偈之旖旎也！流星旄以电烛兮，咸翠盖而鸾旗。敦万骑于中营兮，方玉车之千乘。

声駍隐以陆离兮，轻先疾雷而驳遗风。凌高衍之嵱嵷兮，超纡谲之清澄。登椽栾而狃天门兮，驰阊阖而入凌兢。

不久，扬雄又跟着成帝游河东，回来后写了《河东赋》；随成帝打猎，回来后又写了《羽猎赋》；打猎之后把猎物集中到长杨的射熊馆中，便又写了《长杨赋》。成帝是个性急的皇上，常常要扬雄在很短的时间内写出赋来，扬雄有时不免感到为难。

在作《羽猎赋》时，成帝规定的时间很短，第二天就要呈上。扬雄只有一个晚上的时间，只得拼命赶写，拿笔的右手累得不行，以至于抖动起来。终于写完了，扬雄呼出一口气，忽然觉得困倦不堪，伏在案上就睡着了。睡梦中，他觉得好像有谁用刀挖他的肚子，下腹疼得不得了，好像五脏六腑都流出来了。一觉醒来，才知道这是场噩梦，浑身上下已被冷汗湿透了。不久后，他就害了一场大病，这一病就病了一年之久。

可成帝是不晓得扬雄的苦楚的，他看着《羽猎赋》，很赞赏地对扬雄说："到底是大手笔，与众不同。朕最欣赏这一段……"

那一段是颂扬天子威仪的：

于是天子乃以阳晁，始出乎玄宫，撞鸿钟，建九旒，六白虎，载灵舆。蚩尤并毂，蒙公先驱。立历天之旗，曳捎星之旃。霹雳烈缺，吐火施鞭。萃傱沇溶，淋漓廓落，戏八镇而开关。飞廉云师，吸嚊潚率，鳞罗布列，攒以龙翰。啾啾跄跄，入西园，切神光。望平乐，径竹林。蹂蕙圃，践兰唐。举烽烈火，辔者施披。方驰千驷，校骑万师。虓虎之陈，从横胶轕。猋泣雷厉，驞駍駖磕。汹汹旭旭，天动地岋。羡漫半散，萧条数千万里外。

不过，《羽猎赋》毕竟使扬雄一举成名而天下闻，成帝也让他做上了给事黄门郎，随时可以觐见皇帝。他又跟举世闻名的刘向的儿子刘歆交上朋友，也和当朝贵戚“王氏五侯”的侄儿王莽有了交情。

那时候，正是后人所谓的“周公恐惧流言日，王莽恭谦下士时”。扬雄出身贫寒，是个从成都来的贫儒士，才学满腹，伦理道德观念极强，所以很看不惯王侯将相们奢侈浮糜、贵族子弟们以舆马声色佚游相高。

在一次朝会中，扬雄和王莽等人坐在一起。王莽身披儒服，谈吐文雅博学，于是扬雄对他不禁生出不少好感。

后来，扬雄又听别人说，王莽的父亲名叫王曼，是王太后的弟弟，却没有被封过侯爵，已经早逝了。王莽呢，是个孤儿，如今长大成年，对人恭敬有礼，又极其好学，在京师长安声誉很好。

因此，扬雄便把王莽视为知己，二人交往也密切起来。和当时人们一样，他也以王莽为汉家天下的栋梁之材。扬雄毕竟只是一个学问家，对官场不作太多关心。他只会仰起脖子，望着未央宫的钟楼和殿阁。那里面的天禄阁中，珍藏着当年萧何丞相收集的天下图籍，也有各地奉献来的珍籍秘本，有竹简、有黄绢、有白帛、有丝纸。各类书籍上的字迹，钟鼎文、周籀、小篆、新隶，令人眼花缭乱，目不暇接。书架上还有刘向、刘歆父子编定的《七略》和《别录》两部大书，分类别目，整整齐齐地码成一大排。这可是皇家藏书啊，天下有几个人能够读到这么多的书？真是千载难逢之机。

扬雄把他的全部精力投入到浩如烟海的书籍中去了，他似乎忘记了时日的流转，也像没有看见朝廷中的风云变幻，他活着的目的似乎只是读书、校书、著书！四十年如一日，一转眼就过去了，可他实在是太累了，但又不能休息，他的著作还没有完成呢。扬雄又稳坐天禄阁，手握毛笔，饱蘸浓墨，一笔一画地往下写着，写着……

可是王莽却反了大汉，建立起他的新朝。扬雄这才大吃一惊，这才认清了王莽。

王莽一上台，便一反温良之态，毫不留情地砍下了许多

人的脑袋，血流成河。但对扬雄，王莽并没有杀他，原因也很简单，因为扬雄是个书呆子。

扬雄便也照样坐在天禄阁中读他的书。

可是世人并不这样安静地看他。

有一天下午，刘歆的儿子刘棻来请教他古体奇字。刘歆父子因为预为王莽作符命，说王莽是天生龙种，便一下子飞黄腾达起来，刘歆成了新朝国师。

扬雄把刘棻请教他的十多个古体奇字讲解完后，便靠在椅背上合眼假寐，稍事休息。

刘棻听完他的讲解，老半天不作声，两眼望着他书案上放着的那一堆《法言》草稿，又看看他那副疲倦、枯焦的瘦脸，突然说道："先生，您何必要这样自讨苦吃呢？"

"怎、怎、怎么？"扬雄素来口吃，闻听此言，猛地直起身子，两眼瞪视着刘棻，结结巴巴地问道。

"您的品德学问，皆不在家父之下。可是您却仍然做这个给事黄门郎的苦差事。当今新朝皇帝给您一个中大夫您都不接受，您干吗要这样固执呢？"

"这、这……"扬雄急得说不出话来，憋了半天，把脸都憋红了，才说道："他、他做他的皇帝，我写我的《法言》。他和我有什么关系！"

说罢，他站起身来，走到墙角下，指着那堆米口袋，结巴着说："给事黄门郎的俸禄有这么多米，你、你还怕不够我吃吗?”

刘棻却又冷冷一笑，这一笑深深刺痛了扬雄的心。

“先生，您只管读死书，说死话，您到外边去看看吧，有那么多人就凭能编几句歪词，胡说八道一番，说他王莽做新朝皇帝‘从天理，顺人愿’，再给进一份符命，就能封侯封爵！您就不会把您的《太玄》也加进去几段神迷鬼道的话，充作符命进奏上去，不也能跟家父一样？即使不称作国师，也不会在三公之下呀……”

“啐！啐！”扬雄气急，一时说不出话来，只是急得乱吐唾沫。

扬雄乱吐一阵，心中反倒平静下来。他坐回椅子上，冷冷一笑，没作什么回答，却感到心中充满一种孤寂、凄凉的悲哀。但他心中渐渐踏实起来，他很了解自己。况且，来这天禄阁看他的文章的人，也不只有刘歆、刘棻两个，还有至友桓谭，还有爱读他文章的许多人。而跟他学习的，也不只是刘棻，还有一个从巨鹿远来的侯芭。

刘棻见说服不了扬雄，便起身告辞，回家去了。

扬雄望着他的背影，不由叹口气道：“唉！说不定什么时候霉头就会落到你们父子头上……”

文人得一知己有多么不易！他想起了挚友桓谭，斯世当以同怀视之！但扬雄仍然抑制不住地陷入了黑夜似的悲哀。

他站了一会儿，回到书案前，推开那堆《法言》草稿，

拿过一筒竹简，想写点什么东西。

突然他又想起了刘棻的父亲刘歆。有一个傍晚，正当夕阳西下，刘歆和他并肩站在阁楼外面的栏杆边上。刘歆一手拿着他的一卷《太玄》草稿，一手捋着几根胡须，几乎有点轻蔑地说："我说老兄，现今世人读你这本大著，就像钻进了酱缸里一样，糊里糊涂的，到底也不知你在说些什么！"

"是啊，我能跟你说些什么？"扬雄在心里叫道。"世异事变，但做人的道理却大体一样，若是我和你对换一下，还未知如何呢！贫困又怎么样？人皆着文绣，我独衣褐；人皆食稻粱，我独食野藜。吾日三省吾身，你又能几日一省？好嘛，我扬雄贫穷得很，你也不见得怎么富裕，不就是个国师吗？我还不干呢！"

扬雄手一抖，竹简上落下三个墨字——逐贫赋。他文如泉涌，手不停地写下去：

扬子遁居，离俗独处。左邻崇山，右接旷野。邻垣乞儿，终贫且窭；礼薄义弊，相与群聚。惆怅失志，呼贫与语："汝在六极，投弃荒遐。好为庸卒，刑戮相加。匪惟幼稚，嬉戏土沙……"贫曰："唯唯。主人见逐，多言益嗤。心有所怀，愿得尽辞。昔我乃祖，宣其明德……"言辞既罄，色厉目张。摄齐而兴，降阶下堂。"誓将去汝，适彼首阳。孤竹二子，与我连行。"余乃避席，辞谢不直："请不贰过，闻义则服。长与汝居，终无厌极。"贫遂不去，与我游息。

写完最后一个字，扬雄掷笔于案，哈哈大笑不止。

过了没几天，王莽又开始大肆杀人了。京兆大尹甄寻首当其冲掉了脑袋，刘歆、刘棻也不幸应了扬雄的话，被放逐到幽州去了。

然后，王莽又派兵围住了天禄阁，要扬雄下去受绑入狱。扬雄明白，王莽不过是过河拆桥，杀人灭口，"欲绝其原，以神其前事"罢了！扬雄看着已是不能自免，便一横心，咬牙闭目从天禄阁上跳了下去……

但扬雄居然没有被摔死，他只是断了几根肋骨，昏迷了两天两夜后又苏醒过来。

扬雄恨自己为什么没有被摔死。他又听侯芭说，世人讽刺他"惟寂寞，自投阁；爱清静，作符命"，顿时气得大叫起来："我、我扬某难道是嫌寂寞，要做他王莽的官吗？我连神仙之类的胡说都不相信，能用符命那套胡诌给他王莽去捧场吗？……"说着说着，一股怒气从心头升起来，便大叫一声，"说我这样、这样的坏话，岂、岂有此理！"

一语未了，"哎哟"一声，又昏厥过去了。

"子云兄，子云兄！"桓谭落着眼泪叫起来。

"哎哟——"过了好大一阵子，扬雄才又吐出一口气，

苏醒过来。

“我怎么不摔死呢?”

“你怎么能死呢?”桓谭擦了一下眼睛,“你的著作还没有写完呢!”

“唉!”扬雄无可奈何地叹出一口长气。

《归田赋》 张衡隐田园

这天，张衡下朝回家后，显得闷闷不乐。朝中有些人在上疏时又一次攻击他制造的地动仪，这可是张衡的宝贝和骄傲啊！

前不久，在他把这台呕心沥血、费尽心机、历经数载精心研究才制造出来的仪器献给顺帝时，一些人就曾攻击他不过是哗众取宠，他们认为这种仪器根本就不可信。张衡当时心想，事实胜于雄辩，所以也不多加反驳。没想到今天有些人攻击他时，又把这件事罗列在他的罪名之中，张衡怎能不气愤呢？虽然张衡也知道，这是因为自己不愿和某些人同流合污造成的，所以这些人为了攻击他而信口雌黄。但制造这台仪器后，虽也有过几次地震，然而由于距离太远，并未测出来，这台仪器的准确性因此一直得不到验证，张衡为此感到很忧虑。

晚上，张衡一个人悄悄地去看心爱的地动仪，想看看它

有没有变化，若有变化就意味着灾难来临，说明百姓又要受到地震之灾了。

地动仪是个形似酒樽、顶上有凸盖的器具。里面有一套复杂的机关，连着四周分指八个方向的八条龙，每条龙的嘴里含着一个铜球，下面有八只铜蛤蟆昂首张嘴正对龙嘴。发生地震时，铜球受机关的反应牵动龙嘴而掉下来，于是发出的声响会惊动观测的人，然后观测者根据掉下的铜球所在方位，判断什么方向发生了地震，好派人前往救灾。

张衡进去时，地动仪依然和平时一样，每个铜球都好好地含在龙嘴里。其实张衡自己也知道，如果有变化的话，观测的人员早已把消息报告给他了，但他还是仔细地观察着每一条龙。

看着这浸透自己心血的地动仪，张衡不由得想起了几年前他到地震灾区视察灾情的情景。当时，发生地震的地区离京城洛阳不远，但因较为偏僻，交通不便。发生地震后，京城的人虽都有微弱的感觉，但不知是什么地方，等到接到报告时，已过了好几天了。等到朝廷手忙脚乱地准备好救灾的物资送去后，已是过了十多天。张衡带着救援的人和物资到达时，只见一片灾后惨象。房屋都倒塌了，断壁残垣中压着死难者的遗体，饿急了的狗正在扒死尸吃，地里的庄稼还在迎风摇曳，却看不见勤劳的农人在劳动，整个地区是死一般寂静。好不容易找到几个活着的人，他们却因为受伤，无法出去逃灾，而救援的物资又迟迟不到，早已饿得奄奄一息。最让张衡难忘的是一个孩子，饿得一面啼哭，一面拼命吮吸母亲的乳房，但因为母亲没有粮食吃，哪还有乳汁流出来呢？当时张衡就决心制造一个测量地震的仪器，以便能及时地发现地震，做好救灾工作，以免再发生这样的悲剧。今天这个仪器终于制造出来了，不想却给自己带来毁谤和攻击。想到这儿，张衡暗暗地祈祷："地动仪啊，希望你为我争点气。如果真的发生地震，千万要发挥作用，报个信儿，既让百姓能得到及时的救援，又使那些说三道四的人闭上嘴巴。"

张衡就这样想着，不知不觉已到深夜。张衡早已习惯晚上熬夜坚持观测天象的生活，所以他轻轻地向门外走去，准备叫守候的人仔细观察地动仪，而自己去观察天象。刚到门口，他突然听到一声清脆的响声，好像什么东西敲在铜器上。张衡一激灵，连忙转身，只见地动仪西面的一条龙嘴里的铜球已落了下来。难道真的灵验了，京西方向发生了地震？可是自己并没有感觉到啊？张衡忙把守候的人找来，他们也没有感觉到地震。但张衡相信自己的仪器，第二天上朝时便向顺帝报告了这个消息。

这一下激起朝野上下一片哗然，那些想打击、报复张衡的人都纷纷指责张衡造谣惑众，要求顺帝治张衡的罪。张衡则坚持让顺帝做好救灾准备，同时派人到城里的旅馆询问从西方来的人是否知道受灾的消息。但人们都说没有感觉到地

震，也没听说发生了地震。张衡是坐卧不安，虽然他相信自己的仪器，可是为什么却没有人来报告呢？他很担心会发生以前的悲剧。顺帝在他苦苦请求下，答应做好救灾准备，但如果预测错了，则拿他问罪。过了几天终于来了消息，驿马报告陇西发生了地震，这跟吐铜球的龙所指方向正合。

自从地动仪应验后，顺帝是龙颜大悦，对张衡的才能深为钦佩。于是提升张衡为侍中，让张衡做他的高级顾问，“掌侍左右，赞导众事，顾问应对”。这是个很让人羡慕的职位，但张衡知道那些想打击报复他的人是不会让他久待在这个位子上的，而顺帝也并非什么明君，自己处在这样的位置，恐怕更危险。

果然，他任职后不久，有一次顺帝召他进宫，和他商量国事。谈话中，顺帝问他，天下最痛恨的是谁？张衡顿时心里一紧，当时许多宦官都在场，顺帝这一问或许出于无心，可是听者有意，张衡知道如果说心里话，恐怕以后是没好日子过了。并且当时是宦官擅权，宦官们怕张衡说到自己，因此都是恶狠狠地瞪着张衡。张衡只好违心地应付了几句，内心却很是悲痛。这事之后，不仅朝中有些人对张衡不满，宦官们也知道如果让正直的张衡留在皇帝左右，总归是对自己不利，因此都合力毁谤他。人言可畏，顺帝刚开始还信任他，后来便逐渐疏远张衡。张衡心中无比忧愤，写了篇《思玄赋》来表示自己的不满，并且已生隐退之心。

永和元年（136），由于宦官和一些大臣的排挤，张衡被迫出任河间相。张衡虽遭受打击，心中有隐退之意，但也决定跟恶势力斗争到底，好好地整治河间。

当时河间王刘政，骄奢淫逸，仗着自己是皇亲国戚，不遵典宪，胡作非为，恶名远扬。更有国内的一班豪强，和他相互勾结，把以前各任的国相整得狼狈而逃，因此，没人愿到河间为相。宦官们把张衡派到河间，用心是很险恶的。刘政等人得知朝廷派张衡到河间为相，便想给张衡一个下马威。按当时制度，诸侯国的相实际上是朝廷派来牵制和监视诸侯王的，是朝廷的代表，权力很大，诸侯王应当和众人迎接到任的国相。而张衡赴任时，刘政却和当地豪强串通，没派人迎接，让张衡一个人带着随从到相府去了，这是很令人难堪的。更过分的是，张衡到任三天了，也没有一个人看望、拜访他，河间王刘政装作不知张衡已到，也不召见张衡，更未举行拜相的仪式。

刘政本以为能吓住张衡，给他一个下马威，不想张衡却乘此机会，好好地调查了一番。把刘政一班死党的姓名和罪行都掌握在手。等刘政一拜他为相，便当即下令捉拿这班人，列举他们的罪行，狠狠地处罚了他们。自此之后，作恶的豪强地主是胆战心惊，对张衡的办事神速惊叹不已，生怕张衡掌握了自己的罪行，找到自己头上，所以一时间都收敛起来。百姓过上了好日子，自然对张衡非常感激。但是张衡

经过被排挤出朝廷和为相时与刘政等一批人的斗争，已看出汉朝的腐朽不是自己一个人能挽回的了，心情很是悲痛和忧愤，于是常常怀念自己无忧无虑的童年生活和潜心做学问的青年时代，退隐之心更强了。

张衡生于南阳鄂县。南阳山明水秀、风景优美，从春秋战国以来就是经济文化发达的地区。东汉时，由于这里是光武帝的故乡，于是得到统治者的重视，变得更加繁荣了。张家在当地很受尊重，张衡的祖父张堪是当地有名的人物，从小即被称为“圣童”，曾做过郎中、蜀郡太守，率兵抗击过匈奴的南侵。在做太守时，曾以数千骑大破匈奴上万骑兵而威名远扬，使得匈奴在他任职八年间不敢再窥境南方。他又使人广开稻田八千余顷，减轻了百姓的负担，使得百姓过上了安定的生活，都唱着歌称颂他：“桑无附枝，麦穗两岐；张君为政，乐不可支。”他后来年老辞官回家，仍然过着淡泊、简朴的生活。张衡生在这样一个虽显贵但平静和睦的家庭里，童年是无忧无虑和幸福的。

张堪很喜欢小孙子张衡，每当天气好时，总爱带着张衡到郊外走动走动。或驾车游玩，欣赏大自然的美景；或仰首射飞鸟，看那逸禽如何中箭从云间飘落；或临渊俯钓，观游鱼怎么贪饵吞钩。傍晚时，再伴着夕阳的余晖驾车回家。一路上爷孙俩是笑语不断，爷爷慈祥、孙子孝顺，真是一幅让人羡慕不已的爷孙游乐图。张衡也喜欢和爷爷待在一起，除了游玩，还喜欢听爷爷讲各种有趣的故事，他总缠着爷爷讲当年和匈奴作战的故事。但爷爷很少讲自己的事，即使提到时也是突出别人的功劳，更多的是讲历代贤臣名将的故事。爷爷讲到抗击匈奴的英雄，尤其爱讲西汉名将李广的故事。每当讲到李广身经百战，立下汗马功劳，却一生受人排挤，郁郁不得志，最后竟被迫自杀时，小张衡总是感到愤愤不平，朦朦胧胧中觉得官场是很黑暗的地方。

得益于张堪的教育，张衡从小就养成了高尚的品德，没有纨绔子弟的那种傲气和无知，反而很谦逊、博学，为人从容淡泊，不慕荣利，无媚世之心。青年时，虽家道中落，但张衡在当时是才高于世、远近闻名，曾多次被公府征召。如果张衡想出来做官是很容易的，但张衡却多次拒绝了，只是安心地在家读书、游学，专心做学问。白天，帮家里干点活；晚上，独坐孤灯下弹琴、读书、写作，过着一种没有半点人世间的嘈杂和干扰的悠然自得的生活。后来鲍德出任南阳太守，邀他做主簿。因为鲍德是他敬仰的人，任所又在自己家乡，张衡才答应出仕。后来，鲍德升调大司农而离开南阳，张衡立即辞掉主簿之职，回家专心做学问了。

张衡辞职回家后，请他出来做官的人更多了。大将军邓骘慕他才名，派人带着大批的礼物邀请他出来做官。这批财物对家境渐趋贫寒的张家是很大的诱惑，并且邓骘是邓太后的哥哥，当时因为安帝年幼，他以大将军名义辅政，大权在握。张衡既得赏识，要想升官发财实在是易如反掌，但张衡不满外戚专权，所以对邓骘的邀请始终没有答应，很客气地招待了邓骘派来的人，让他们把礼物带回去。后来邓骘又几次三番地派人来邀请，张衡觉得烦了，干脆躲着不见他们。

有一天，张衡外出归来，见家门口停着几辆华丽的马车，以为是邓骘又派人来了，便连家门也不进，转身到外面山野游玩去了。一天没有吃饭，张衡饿得肚子咕咕叫，但他仍然坚持不回家，直到晚上才回来。回到家后，才知是几位做了官的老朋友来拜访他，等了一天，却不见张衡回来，只好失望地回去了。张衡见闹了误会，觉得很抱歉，第二天立即写信向朋友解释、道歉，但仍然不答应出来做官，对功名利禄看得很淡薄。

和眼前尔虞我诈、祸福难测、紧张且充满矛盾的官场生活相比，以前那种恬静、闲适、悠然自得的生活是多么愉快啊！张衡回想起来总是心驰神往，试想归隐后的田园生活真是乐趣无穷。春日景色如画，天气清爽，和风吹拂；原野草木繁茂，鸟儿展翅飞翔，鸣声婉转。这是多么让人喜爱的原野风光啊！生活在这样的环境中，超尘绝俗，远离世事，自由自在，或邀三两个要好的朋友一起游玩，或一人在孤灯下潜心做学问，哪会有在官场中的烦恼和痛苦呢？

张衡对河间做了很大治理，“上下肃然，称为政理”。取得很大政绩之后，便在永和三年（138）上书“乞骸骨”，请求退休，回家过隐居生活；又作了《归田赋》来抒发对想象中美好的田园生活的向往，表现自己对仕途生活的厌恶，对黑暗现实、宦官政治的不满情绪。最后张衡虽没有真正“归田”而死在了任上，但这篇反映出他高尚品德、不与恶势力同流合污的抒情小赋，却受到人们的喜爱和传诵，张衡也受到历代人们的敬重。

《洞箫赋》 王褒逢高士

汉宣帝是个好大喜功的人，他对于汉武帝征召了司马相如、东方朔、吾邱寿王、郭舍人等一批文学侍臣，用以吟诗作赋来为汉廷歌功颂德这种做法，很是羡慕。于是，他也效仿武帝，下诏广征天下奇才异士，命各州郡务必广罗人才，推荐给中央。

王褒从小就有才名，年纪稍大又游学各地、结交名士、拜师学习，因此名气更大。益州牧王襄久闻王褒才名，但怕他也像当时的一些人一样，徒有虚名，所以想亲自试一试他的才学，然后再推荐给宣帝，便借赴宴为名召见王褒。王褒知道这是自己出人头地、得到朝廷重用的机会，虽是自古“宴无好宴”，恐怕得在宴会上经受一番考验，但他自负自己的文学才能，因此欣然前往。

果然，酒过三巡之后，王襄在赞扬王褒文学才能之后，提出问题了。

"王公子才名如日中天，在下久仰大名。素闻公子才思敏捷，今天就以颂扬我大汉国威为题，以酒凉为限，作一首诗。到时完成不了，就罚你喝了这杯，如何?"

说罢就温酒一杯，放在桌上。因为王襄知道宣帝征召天下贤才，要的就是为汉廷歌功颂德，在酒宴上临时吟诗作赋是难免的，所以便出了这样一道难题。

此时正值隆冬时节，寒气袭人，室内也冷得厉害，一小杯温酒实在是不多时就会凉了。王褒望着室外飘飞的雪花，稍作沉思，随即作了《中和》《乐职》《宣布》等诗歌颂功德。诗成之后，酒温如初。王襄一见，大喜，宾主痛饮一番，于是王襄随后写了份奏疏向朝廷推荐王褒。因为有王襄的推荐，王褒应征入朝。王襄的考虑果然很对，王褒入见宣帝时，宣帝令他当场写一篇颂扬汉廷的文章。王褒是笔不稍停，一气呵成，作了《圣主得贤臣颂》，既赞扬了汉廷的功勋，又讽谏宣帝不要迷信，要择贤而用。宣帝见他才思敏捷，即令他待诏金马门。

当时和王褒一同待诏金马门的还有刘向等人，宣帝对王褒和刘向的文才大为赞赏，每次出猎游玩时都令他们随从。一路上每遇到名胜或到某一行宫，宣帝即命他和刘向等人各自吟诗作赋，然后品评高下，按等赏赐。刘向和王褒常常得到最好的赏赐。一次过甘泉宫时，王褒作了篇《甘泉宫颂》，刘向大为折服，赞不绝口，宣帝也甚为喜爱，对王褒

特别加赐。《甘泉宫颂》一时成为天下传唱的名篇，被认为是可以和《上林赋》《子虚赋》等名赋并列的好文章。王褒由于文学才能得到宣帝恩宠，不久就升为谏大夫。

就在王褒升为谏大夫后，宣帝突然变得忧心忡忡，整日愁苦郁闷，连朝政都懒得过问，也不像以前那样常带刘向、王褒等一班侍臣出游田猎了，据说是因为太子得了重病。太子是宣帝最为宠爱的孩子，得了重病，宣帝自然高兴不起来。一天，王褒正在家中与朋友闲聊，突然接到宣帝诏书，让他火速进宫。王褒不知是为了何事相诏，究竟是祸是福，一路上忐忑不安。进得宫中，他被带到御花园。一看宣帝和刘向等一班老朋友正在一起饮酒谈笑，知道没事，这才放下心来。

原来，宣帝因为太子得病，很是担忧，一心关注太子病情，一面让御医加紧治疗，一面下诏征召全国有才能的医生来为太子诊治，也就无心再出去游猎了。这天太子吃了一位医生开的几服药后，病情大有好转。宣帝因为在宫中闷了这么长的一段时间，真是痛苦不堪，现在太子病有好转，天气又很好，便带着太子到御花园中散散心。初夏时节，阳光明媚、鸟语花香，御花园中一派迷人的景象。宣帝陪着太子在花丛树荫中慢慢地走着，尽情享受着天伦之乐，心情非常舒畅。看着花繁叶茂、蜂飞蝶舞，一派生机勃勃的景象，宣帝不由诗兴大发，便随口吟了几首诗。想到以前和刘向、王褒等一班侍臣游玩时一起谈诗论文、互相唱和的欢乐情景，不禁怀念起这班侍臣，便下诏让他们进宫中一聚。

君臣相聚是十分的高兴，举杯相邀，你唱我和，很为快意。或诵读以前的佳篇，或讲述自己所闻所历的奇闻轶事，其乐融融。刘向通晓经史百家，谈起来是滔滔不绝。王褒自然不甘落后，诵读自己跟随宣帝游猎时的佳篇，又讲述自己所知的一些美丽传说，也博得众人的齐声赞扬。太子生病时整天闷在屋里，很是寂寞郁闷，现在跟王褒等人一起闲聊，好不热闹，心情也舒畅了，精神也好了。俗话说“人逢喜事精神爽”，这一高兴，病情竟又减轻了几分。宣帝一看，让太子跟众人一聊竟有如此好处，便让王褒等人以后常来陪伴太子，讲些所知的奇事、读读自己的诗赋给太子听，给太子解闷。

太子对王褒的诗赋很是欣赏，不仅喜欢听王褒诵读，还让宫中贵人及左右都来诵读，特别是《甘泉宫颂》。王褒是蜀资中人，在当时蜀地是较为偏僻的地方，自然有许多神奇瑰丽的传说；王褒还曾游学各地，也听到过许多奇闻轶事。他把这些讲给太子听，太子非常入迷，经常让王褒陪伴他，一天不见就怅然若失。

这天，王褒按惯例进宫陪伴太子，看到太子正在观看宫女们跳舞，就也站在一旁观看。太子见王褒来了，便挥手让宫女们退下，然后对王褒说：“听说大夫您精通音律，宫中

有位擅长演奏洞箫的，今天就让她吹奏，然后由您来品评一下，谈谈乐理如何？”

王褒表示赞成。太子一招手，一位宫女便缓步上前，向太子行了一礼，然后演奏起来。那箫声开始时低低的，有如雾中看花、空谷回音，其音中带有一种淡淡的忧伤；随着一声高音，箫音也高了起来，非常哀婉，其声凄苦哀伤，如泣如诉，似怨女思夫，悲不自胜，让人感到其心中有无限的苦痛和哀怨。座中诸人听了都禁不住流下泪来，箫声停止了，都还依然沉醉在哀婉、凄苦的曲调当中，毫无察觉。

这样沉默了好一会儿，王褒才对太子说：“演奏得确实是好啊，深得‘乐以悲哀为主’之旨。其声哀婉，有如杜鹃鸣于深山之中，猿猴啸于高峡之上，让人深感其哀心而有所动。但虽是已达一流，却仍未达最上乘。”

“我听说乐以危苦悲哀，能使人垂涕的为上。刚才的演奏已达到如此水平，如果还不算最上乘者，那么怎样才算最上乘者呢？”太子问道。

“子曰‘乐而不淫，哀而不伤’‘发乎情，止乎礼义’，这就是最上乘之乐所达到的境界。刚才的箫乐哀则哀矣，但过于悲伤，只让人悲不自胜而未能使人得到教化，没做到‘哀而不伤’‘止乎礼义’，所以我认为还未达最上乘。”

“大夫所说确实使人茅塞顿开，不知大夫您有没有听到过这样上乘的箫乐？”太子又问。

“臣不仅听过这样的箫乐，而且还亲自聆听过吹奏人的教导。说起来这是年轻游学时的事了。”太子的问话勾起了王褒对旧日的回忆，使他想起旧日游学时的一次经历。

王褒虽在年轻时即有才名，但他很谦虚，深知“学海无涯”“读万卷书、行万里路”的道理，所以依当时风气也出去游学。从家乡出发，再乘船沿长江而下，然后折向北进。一路上是一面寻师访友，一面游玩。船过三峡，搏浪急进、惊心动魄，激起心中多少瑰丽的诗思？那瞿塘峡的雄奇、巫峡的曲折秀丽、西陵峡的惊险，更有那巫山十二峰的变幻多姿和神女峰美丽的倩影，使得王褒赞叹不已。

很快船到达洞庭。八百里洞庭真是名不虚传，浩如烟海，一眼望不到边际。王褒在湖边停了船，上岸寻师访友去，顺便也游玩一番。这天王褒访友归来，左曲右折，竟来到一座山前。山势险峻，山坡长满翠竹，石头多是奇形怪状，景色却还秀丽，泉自山石中涌出，绕竹林曲折流向远处。王褒被眼前这番景色迷住了，便沿溪水而上，微风翔于竹林中发出萧萧的响声，混着溪水流动的淙淙的声音，令人心旷神怡。突然前面传来阵阵美妙的箫声，在这种环境中让人怀疑是听到仙乐。箫声舒缓时自然流畅而无滞碍，激荡时却又奇异而纷繁多变。有时深厚沉挚，如巨大水流在缓缓流动；有时又放纵流溢，毫无拘束。声音寒苦凄厉渐趋止息，又突然迸发而出，繁纷急速如雨打蕉叶。最后在音声飞扬

中，渐趋稀疏散尽。一曲奏完了，很快又换新声。这时歌声渐起，箫曲相随为伴，歌声和箫声配合得十分和谐。洪大的乐声飘荡回旋在广阔的空间，有如慈父教子；而转为微妙优美的声音时，则清和安畅，有如孝子事亲。这曲折多变的乐声至诚深沉、内涵丰富，时而慷慨激昂，像壮士陈词；时而宽舒柔和，又好似君子倾诉心曲。雄健时迅若奔雷，温柔时如春风拂面。

王褒走了不远，看见两位老者正临溪而坐，箫声和歌声正是二人发出的。吹箫的是一位盲人，身体屈曲，随着箫声而动，两腮因用力吹箫而鼓起，有如含怒时的样子。王褒不敢打扰他们，静静地站在一旁听他俩唱和。最后一曲完了，那位唱歌的老人回头看见了他，王褒才上前施礼对答。交谈中，王褒知道他们是隐居于竹林中的两位隐士，对音乐有很深的研究。王褒虽也精通音律，但听了两位老人的箫和歌仍是深为折服，便恭敬地向两位老人请教有关乐的知识。

“晚生自幼喜爱音乐，但一直未遇名师。不知丈人能否指点晚生一二，何为乐之上乘者？”王褒恭敬地问唱歌的那位老人。

“儒者虽一向也讲‘乐而不淫，哀而不伤’‘发乎情，止乎礼义’，把这作为最高标准，但其实只是以悲声为主，把哀怨作为唯一标准。依老朽看来，其实是大不然，悲哀之声是感人的，欢乐之声又何尝不感人呢？欢乐之声和悲哀之声配合起来，就能做到使贪婪的人听了这样和雅的声音而去掉贪心，知道清廉；使凶狠的人听了这样和雅的声音则去恶变善而不怨怼；使残暴的人听了这样和雅的声音则会生出仁爱之情；使一般的人听了这样和雅的声音也会提高警惕而不犯过失。只有这样才是最上乘的音乐。”唱歌的那位老人还没有开口，吹箫的那位盲老人就接过话头。

王褒又向他们请教了许多其他问题，最后才告辞归去。第二天再去时，却再也找不到他们了，于是王褒作了篇《洞箫赋》以记之。

王褒给太子讲了这一段奇遇，太子便让他诵读了这篇赋。太子听完连声称赞，传令宫中的贵人一齐来诵读这篇赋，自己也跟着诵读，并赞道：“箫声之妙固然已是很神奇了，但更为神妙的是先生的《洞箫赋》，真是将声音的千变万化描绘穷尽。读了此赋，才知小小洞箫竟能有如此神奇的作用。”

“那是因为竹子本身即是高洁之物，它长于险峻的高山，吸收天地至精之气，只喜处于幽深隐僻之地，而不与俗物为伍，就像那高尚的隐君子。这样禀性坚直殊异、素体洁净高雅之物，用以制箫，再由高尚而精通音律之人吹奏，自然能发出如此精妙绝伦、感人至深的乐声来了。”王褒又对太子说。

最后，王褒告辞时，太子亲自送他，握着王褒的手说："今日听君一席谈，胜读十年书。国家能有像大夫这样的人才，真是大幸。"

后来，王褒奉诏前往益州祭金马碧鸡，卒于道中。汉宣帝甚为悲痛，下令好好地安葬王褒。王褒由于创作了《甘泉宫颂》《洞箫赋》这样的名篇，也得到历代文人的称颂。

《登楼赋》 王粲因受辱

东汉末年，外戚宦官轮流干政，汉室已名存实亡。中平六年（189），灵帝病死，消息传出，外戚何进和宦官张让的夺权斗争便更趋于白热化。

张让是灵帝生前的宠侍，手中掌握着极大的权力，早已将权势日增的大将军何进视为心腹之患，想方设法要除掉他。而何进仗着自己是何太后的哥哥，身为皇亲国戚，手握重兵，对宦官的专权也早已看不惯了。现在皇上新死，何太后主政，正想借机除掉宦官，独揽朝政。校尉袁绍乘机向何进献计道："以前窦武等人想诛杀作乱的宦官，没想到事情不成反而被害。这并不是因为宦官有多厉害，只是因为他们谋事不机密，并且分不清敌我。五营兵士都是宦官的人，他们反而加以倚重，想借助宦官的人消灭宦官，这样才自取灭亡。现在大将军兄弟手握重兵，朝中的大臣、将士又都乐意听从您诛灭宦官的命令，跟当时情况是完全不同的。希望将

军当机立断，为天下诛杀这批祸患，这样将军将名垂后世。这大好时机不可失却啊！”

何进是个优柔寡断的人，听后觉得很有道理，但拿不定主意是否立即动手，于是进宫拜见他妹妹何太后，秘密商量。何太后也是个迂腐而无决断的人，对何进说：“宦官统领禁中，这是汉家历来的传统，怎能全都铲除？况且先帝新弃天下，我一个妇道人家也不便与大臣一起谋事理政，还是先缓些时日吧。”

何进一听觉得很有道理，便唯唯而出。

袁绍一听何进所说，大为着急，知良机不可失，又劝何进道：“将军深恐力量不足，重蹈窦武一门的覆辙，那么就请召集四方猛将、各路豪杰引兵入京，迫令太后除掉阉党，怎么样？”

袁绍聪明一世、糊涂一时，出了这样一个拙劣的计谋。无知而愚蠢的何进竟当成了好计，他不听众人劝阻，当即照办，秘密传令天下诸侯引兵进京。

当时的前将军董卓是个老奸巨猾的大军阀，早已图谋兴兵作乱，只是未等到时机。一看何进的密令，大喜，知道机会来了，马上派人到京城回报何进，表态坚决支持何进之举，马上带兵进京。不知死活的何进得到报告后还大为欢喜，侍御史郑泰看出董卓的野心，对何进说：“董卓是个蛮横不讲情义的人，他的贪欲是没有止境的。如果给他兵权，将来他一定会骄恣不法，祸乱朝纲。将军此举是引狼入室啊！以将军的威望和权势，要除掉这几个宦官是易如反掌，又何必借董卓之手呢？”

何进却不听劝谏，坚持让董卓进兵京城。但他是个怯懦的人，虽有董卓的许诺却还是游移观望，不能当机立断诛杀宦官，总想等到董卓进京后再由董卓来杀。

宦官张让在何进第一次进宫面见何太后时，已得到消息：何进会秘招天下豪杰讨伐他。所以正在何进迟疑不决之时，他已决定先下手为强，除掉何进。于是悄悄定计，让手下的人拿着利刀，埋伏在嘉德殿门外，然后假传何太后懿旨，召何进入宫。何进不知是计，兴冲冲进宫而来。进到殿门处，张让等一拥而上，包围了何进，乱刀把何进杀死。袁绍和尚书卢植等人闻讯领兵杀进宫中，张让慌乱中挟持何太后和少帝、陈留王秘密从地道中溜出宫外，想借少帝之名诏告天下，讨伐袁绍等人。但没走多远即被追上，张让被迫自杀。于是这场宦官和外戚的争权斗争以两败俱伤告终，而董卓则在这场斗争中渔翁得利。

董卓趁着皇宫内乱，以奉大将军何进之命进京为由，名正言顺地领兵占领了京城。俗话说请神容易送神难，董卓领重兵进京，这场内乱结束后，他便留在了京城，成了实际的统治者。他先杀了何太后，又废掉少帝，立年幼的刘协为献帝。由此董卓挟天子以令诸侯，初平元年（190），强迫献

帝和文武百官西迁长安。

董卓本是个残暴而无知的军阀，自然不知文化遗产的宝贵。西迁长安时，他放纵士兵在洛阳城中大肆抢劫，又在城中纵火焚烧，把洛阳城中宫殿和房屋化为一片焦土，想以此断绝百官留恋洛阳的情感。为了显示他的威风，他还把朝廷中多年收藏的图书档案——写上字的绢帛撕裂拼缀成车盖和口袋。董卓真是个遗臭万年的罪人。

当时的洛阳城是一片混乱，本无兵灾却胜过兵灾，到处是杀声、喊声、哭声，儿哭爷娘，父母呼儿。在这大火和混乱中，原何进的幕僚长史王谦仓皇带着十四岁的儿子王粲，跟着西迁的队伍向长安进发。王谦出身于名门世族之家：祖父王龚在汉顺帝时官居太尉，名重一时；父亲王畅，被称为“八俊”之一，曾做过司空。这一场动乱使得他所有的家产丧失殆尽，一路西进近似行乞。王粲在这场动乱中虽是年幼，却也受到极大的震动，这促使他过早地成熟。

王粲是个很聪慧的人，从小记忆力超强，过目不忘，熟读《诗》《书》等儒家经典。这一天，一起逃亡的官员不相信他有此能力，要当面试他的本领：“王公子，素闻你能过目成诵，熟读《诗》《书》。老朽今天以十两银子为注，你若能背出《尚书》中《生民》一篇，这十两银子即归你所有。”

王粲看看银子，又看看那位官员说：“大人此话当真，决无反悔？”

那位官员以为他胆怯，想推托，便拉住另一位官员来作证，声明决不反悔。

王粲得到保证，不假思索，随口就把《尚书》的《生民》篇背了下来。那位官员不服气，又指定王粲再背别的篇章，王粲还是一字不差地背了下来。

眼看白花花的十两银子要落入王粲手中，那位官员气急败坏地抛出最后一张王牌，要王粲表演他的过目成诵：拿出一篇文章来，让王粲看了一遍，然后让王粲马上背出来。王粲看完后，闭目深思，很快就一字不差地背了下来。这一下，那位官员傻了眼，无话可说了，可还是不想掏出那十两银子，只好耍赖，硬说是王粲以前看过那篇文章，不能算数。

王粲眼看着一个堂堂的朝廷命官竟如此无赖，众目睽睽之下还想赖账，很生气，便说：“像刚才大人的如此妙文，本公子实是向来不读的。刚才无奈，一读之下至今仍觉满口余臭。以前要是经常读的话，恐怕早已被熏死了。大人若舍不得十两银子，尽管拿回去，又何必找这样的借口呢？现在这路旁有一块石碑，我以前不可能看过吧？我若能背诵上面的碑文，大人总该相信了吧？”

说着指着路旁一块石碑，然后看了一遍，转过身去，一字不差地背了下来。周围旁观的人都惊叹不已，对王粲过目

不忘的本领赞不绝口、深为折服，那位官员只好乖乖地把十两银子给了王粲。自此，王粲大名远扬，被赞为神童。到了长安时，朝中官员没有一个未听说过他大名的，他的才华令当时的名儒蔡邕也颇为欣赏。

蔡邕是当时的文学大师、文章泰斗，人们都以能与他结交为荣。所以尽管当时董卓乱权，时局极端混乱，蔡邕家里仍然经常宾客满堂。这些人当中虽也有是真心向蔡邕请教学问的，但更多的是想通过得到蔡邕的揄扬而爬上仕途的，或是想借与蔡邕结交来炫耀自己的，因此都极尽巴结、奉承之能事。蔡邕对他们却极为冷淡，从来不拿正眼看他们，实在迫不得已才敷衍几句。

这一天，蔡邕又被这样的一群人围住。有的把自己狗屁不通的文章拿给蔡邕看，还说让他指点指点；有的故作姿态地向蔡邕请教文学上的问题，信口开河地谈着完全不懂的事情，还洋洋自得，以为是自己的创见。蔡邕虽极为厌烦，却又无可奈何。这时门子通报说有一十五六岁的少年前来求见，蔡邕以为又是哪位权贵的公子前来求见，便皱着眉头接过拜帖，但一看上面的签名竟是王粲，大喜，连忙叫门子快快请王粲进来。年近六十的蔡邕一时高兴得像个孩子，手忙脚乱地穿鞋正衣，亲自前往迎接，慌乱中把木屐倒过来穿了都不知道。满座宾客大为震惊，他们还从未看到蔡邕对人如此重视过，竟然亲自到门口迎接客人，以前有人拜见都是由下人引到客厅拜见他的。

王粲看见蔡邕倒穿木屐出来迎接他，很是震惊，蔡邕这时才发现自己把木屐穿倒了。

后来，王粲和朋友士孙萌南下，投奔荆州刘表。刘表在当时士大夫阶层中是一个有名的人物，他出身太学，在荆州是“爱民养士，从容自保，关西、豫学士归之者以千数”。王粲不远千里之劳去投靠他，还有一点原因，即王粲和他是同乡，他又曾经是王粲祖父王畅的学生。

在南下途中，由于军阀混战，曾经富饶的中原地区是一片衰敝的景象，“出门无所见，白骨蔽平原”。正当王粲感慨万千时，看到路旁有一妇人抱着一婴儿正在啼哭，好像是作生离死别。王粲正迷惑时，那妇人把孩子亲吻一番，转过脸去，把孩子放在路旁草丛中，掩面啼哭而去。任那婴儿在草丛中声嘶力竭地啼哭，妇人却没有回头。王粲追上去拦住那妇女问道：“不知这位大嫂为何要把亲生之子抛弃？孩子如此啼哭，你怎能忍心？”

妇人向王粲还了一礼说：“有谁愿意抛弃自己的孩子？我一个妇道人家，在这兵荒马乱中，实在无能力保护他。由于没吃的，我已没乳汁给孩子吃了，抱着他也只有饿死，放在路旁或许还有哪位好心人能收养他。自己都不知身死何处，还能两相保全吗？”

妇人说完又啼哭起来。王粲一听也忍不住流下泪来。座

下的毛驴好像也因此而悲伤，长长地叫了一声。王粲掏出身上的银两分了一半给妇人，然后怀着悲痛的心情继续向前。一路上毛驴不停地叫，王粲骑在驴背上，不断回想着刚才的一幕。这一声声悲鸣给他留下极深的印象，以后他常常以驴鸣之声来激励自己。不知情的人还以为他喜欢听驴鸣，他死后下葬时，曹丕还下令送葬的朋友学驴叫来为他送行。

王粲由于和刘表的关系特殊，再加上文学上的才能，自然受到刘表的欢迎。刘表的女儿，对文学甚为喜爱，听说王粲到了荆州自然是很高兴，想见他一面，便央求父亲刘表召王粲到府上，自己躲在一旁见识见识这位有名的大才子。

到了那天，刘表的女儿便悄悄地躲在客厅的竹帘后面。随着一声“请”，两位青年走了进来。其中一位手拿一把折扇，身穿华丽的衣服，貌赛潘安，风度翩翩；另一位则长得其貌不扬，高不满五尺，又很瘦小，皮肤稍黑，穿一身布衣。刘表女儿以为那位漂亮的公子即是王粲，另一位不过是他的书童或是什么别的朋友，于是芳心大喜，立即跑去叫丫鬟请她母亲也来看看。回来后，刘表已请两人坐下，正跟他们谈诗论文，相互唱和，气氛甚为热烈。两位公子是应对如流，出口皆文章，可见都有丰富的学识。刘表女儿一见“王粲”名不虚传，心中更喜。最后刘表跟那位其貌不扬的也叫王公子的青年下起围棋来。

王粲这天被刘表请到府上相见，原以为刘表要和他谈论什么大事，不想只是谈了谈诗文，现在刘表又跟他下起棋来，王粲心中更是奇怪。他的棋艺要比刘表高得多，但并不想多胜刘表，便故意让着刘表。刘表一看自己连连进攻，王粲是全无招架之力，非常得意。正在这时，风吹竹帘，王粲看见一位年轻漂亮的姑娘正躲在帘后偷看，大感诧异。那姑娘发现有人看见了自己，满脸通红，含羞一笑，便离开了。看着姑娘美丽的倩影一闪不见，王粲怦然心动，一时间愣住了。刘表趁机又抢了步棋，棋盘上的优劣更明显了。忽然家人通报，刘夫人到。王粲忙起身迎接、拜见，由于心神不定，竟把棋盘撞倒了。刘表正兴致勃勃，不禁大呼可惜。王粲一看，微微一笑说："主公不必着急，我再给你摆好吧。反正棋是我撞掉的。"

说完王粲便把棋子捡起来，不慌不忙地往棋盘上摆。最后刘表一看，跟刚才竟完全一样，没有一个棋子摆错位置，就像没动过一样，大为惊叹："久闻王公子能过目成诵，今日一见果然名不虚传，竟能把刚才的棋局背下来，真是神人啊！"

刘夫人一见王粲有如此才能，也十分满意，心想难怪女儿会看中他，虽说相貌差点，可这种奇才，实在少有，心中便暗暗同意了女儿的请求。

等王粲走后，刘夫人便跟刘表提出这件事，说女儿相中了王粲。刘表正奇怪今天请王粲来，女儿说好要出来见见王

粲的，怎么光躲在后面看，最后竟跑了，一听这事坚决不同意，心想王粲虽然才高，但形貌丑陋，实在不能招他为婿。今天跟他一块来的族兄王凯，人貌不错，文学才能也很高，把女儿嫁给王凯还行，千万不能嫁给王粲。刘表女儿一听那位其貌不扬的青年才是王粲，心中也有些犹豫，虽然也佩服王粲的文才，但在父亲的劝说下，也同意嫁给王凯了。刘表想到这样女儿既可以嫁个好丈夫，又可以趁机笼络王家，甚为得意，便亲自把王粲找来跟他说明此事。

王粲那天一看那位漂亮的姑娘，爱慕之情暗暗生长。出来后，早有快嘴的人跟他说那是刘表的女儿，请他去正是想相一相他，要招他为婿。王粲当时心中很激动，这时听到刘表又让他到府上相见，以为是要跟他谈这事，便兴冲冲地就去了。刘表一见他，便直言不讳地跟他说明要招王凯为婿，请王家赶快派人到刘家来提亲。王粲当即像被泼了一盆凉水，浑身发冷。听到后来，刘表不肯招他为婿，竟是因为他长得不好看，一股怒气便从心中升腾起来，好不容易才压了下去。没想到刘表又提出更难堪的要求，竟让他亲自去跟兄弟王凯转告此事。王粲再也忍不住了，站起来对刘表说："主公女儿乃千金之体，王粲一丑陋卑下之人哪里高攀得上？即使主公不说，粲也有自知之明，断不会有如此之想。粲得人谬赞，其实不过徒有虚名，能在主公手下做事，已是有辱主公英名，如今粲自当离去。"

说完也不等刘表回答，径自走了。

因为这事，王粲感到受到极大的羞辱。虽然事后刘表向他道歉，极力挽留，王粲也因无处可去，无奈留在了荆州，但二人始终不能融洽相处。王粲本是早熟之人，经受如此打击，也变得圆滑起来了。虽然内心对刘表极为不满，却再没跟刘表发生正面冲突，这样便转而寄情山水了。

建安十年（205），王粲和朋友士孙萌到当阳县（今当阳市）麦城游玩。麦城的风景很好，登楼远眺更是令人心旷神怡。王粲本是想登楼消解忧愁的，登上城楼举目四望：侧倚着清澈漳水的通畅浦口，一侧傍着弯曲流水的长形水洲；背后是高高低低的广阔陆地，面朝着低洼湿地的肥沃水流；陶朱公范蠡的坟墓北境至此而终结，楚昭王坟丘的西缘遥接此楼；原野被繁花硕果遮蔽着，各种作物充盈田畴。王粲看了这生机勃勃的美丽景色，心情也稍为好转，感到心胸开阔多了。正在这时，城外原野上一声驴鸣，王粲心中一动，眼前的景色好像变了样，他乡景虽美，终非故土。想到自己小时候便由于战乱而流离失所，现在又远离故土到荆州来，本想有所作为，哪知以貌取人的刘表却给自己的自尊心极大的挫伤，心中去国怀乡之情油然升起，不由长叹一声。

士孙萌本也在一旁观赏这美丽的景色，看到王粲心情较为好转，心里暗自高兴。他知道自刘表提亲的事后，王粲的心情一直不好，终日闷闷不乐，今天这大自然的美景终于使

他暂时摆脱烦恼。恰听见驴鸣，又听见王粲的长叹，对王粲深为了解的士孙萌知道，王粲的心情又不好了。看到王粲情绪很激动，知道他又要吟诗作赋了，忙吩咐随从把纸笔摆好。王粲拿起笔来，写了一篇赋，这就是流传千古的《登楼赋》。麦城对关羽来说是失败的见证，而对王粲来说则是荣誉的象征，因为这篇抒情小赋，代表了建安时抒情赋的最高水平。

《洛神赋》 曹子建情深

曹操酷爱文学，他的几个孩子也受到他的熏陶，从小就特别喜欢文学。在几个孩子中，他最喜欢三儿子曹植。

曹植从小跟着他在战乱中度过了童年。六七岁时，曹植就跟着父亲的文学侍从学习，而且经常进入他的营帐和书斋，阅读书籍和写作诗文。曹操见儿子好学不倦，除了自己抽空进行教育之外，还请了一些当时的文学名士为儿子辅导。

而曹植也的确没有辜负父亲的希望，他的聪颖日渐显现出来。曹操曾在漳河建造了一座铜雀台，极其壮丽，又遍选天下美女以充其中。不久之后，他又命曹植作赋一篇以记之。曹植不假思索，挥笔便写，顷刻间就写成了《铜雀台赋》：

从明后以嬉游兮，登层台以娱情。见太府之广开兮，观圣德之所营。建高门之嵯峨兮，浮双阙乎太清。

立中天之华观兮，连飞阁乎西城。临漳水之长流兮，望园果之滋荣。立双台于左右兮，有玉龙与金凤。揽二乔于东南兮，乐朝夕之与共。

……

曹植将此赋献与曹操，曹操大喜，曰："吾子天成也。"便欲立曹植为太子。

一日，曹操忽令曹丕、曹植各出邺城门。待二子去后，却密使守城人休放二人出城，要看二人如何应对。

曹植问谋士杨修："德祖，父王命我出城门，该如何才好？"

杨修笑道："此乃魏王欲试汝兄弟二人才智高下矣。你今奉王命，谁敢拦挡？如有阻挡者，世子可立斩之。"

曹丕到了城门口，被守城将士挡住，只好回复曹操。

不一会儿，曹植至门，门吏挡住了他。曹植怒喝道："我奉父王之命出城，如箭离弦，何人敢挡！汝一竖子，敢违反吗？"

说完，曹植拔剑斩之。

曹操听到三子曹植杀了门吏，不仅不恼，反而抚手大笑曰："好三儿！"

以是知曹植多能，遂召而问之。曹植对曰："出于胸衿也。"

曹操心中大喜，以三儿伶俐聪明，欲立他为太子。身旁百官上下也无不以太子目视曹植，而不以长子曹丕为然。曹操常以经国治军之道来问曹植，每次曹植都是对答如流，其中治国安民之道尤中操意。曹操心中甚是满意，却又有些疑惑。

后来，曹丕买通了曹植的左右侍从来密告曹操。原来，又是谋士杨修替曹植做了数十条答教。

曹操大怒，骂道："这个匹夫！安敢欺骗吾儿，来戏弄于我！"

此时，曹操已有杀杨修之意，只是怕人议论，才强自隐忍下来。但从此以后，曹操就不再喜欢三子曹植了。

有一次，曹植与侍从们喝酒，从中午一直喝到傍晚，喝得酩酊大醉，稀里糊涂地便乘了曹操的车子驶出了司马门。

途中的人们，包括一些朝中大臣，皆以为是曹操出行，便慌忙伏道而迎之。至返，方才发觉是曹植，遂告知曹操。

曹操听说后，大发雷霆道："吾无事不出此门，欲以取信于诸侯也。汝黄口小儿，竟如此无礼。来人，与我砍了子建首级！"

众官苦劝方止。

自此，曹操再也不喜曹植。曹植见王位已无望，便更加放浪不羁，日以饮酒、赋诗、击剑为戏；又加以杨修因"鸡肋"一事为操所杀，便更加消沉起来。

建安二十五年（220）春正月，曹操死于洛阳，时年六十六岁。

曹丕遂被百官推为魏王，即传令旨，改建安二十五年（220）为延康元年（220），葬曹操于高陵，谥号武祖。

这时，相国华歆奏道："鄢陵侯曹彰交割军马，已赴平国去了。只有临淄侯曹植、萧怀侯曹熊，此二人坐视不来奔丧，理当问罪。"

曹丕遂传令旨，即差二使往二处问罪去讫。

不几日，一使回报道："萧怀侯曹熊惧罪，已自缢身死。"

曹丕大哭，急令厚葬之，追谥为萧怀王。

又一日，另一使回报道："临淄侯曹植常与丁仪、丁廙酣饮美酒，并不来奔丧。臣传王旨时，植只是端坐不动。丁仪骂臣道：'且休胡说！昔日先王在时，欲立吾主为太子，被谗臣贼子所阻。今王丧未及旬日，便欲问罪于骨肉也？'丁廙又道：'据吾主聪明冠世，下笔成章，自然有王者之大体，今反不得其位。你们这些庙堂之臣，皆是肉眼愚夫，不识得贤士圣人，与禽兽何异也？'曹植听二人之言，遂大发怒气，叱武士将臣乱棒打出。"

曹丕闻之大怒，即令大将许褚率领三千虎卫军，火速擒曹植前来。

许褚遂领兵飞奔临淄而去。比及临淄，先遇守关偏将，被许褚立斩，直入城中，口传令旨，无一人敢挡其锋锐。径到府堂之上，只见曹植并丁仪、丁廙等人皆醉倒，报者不得见。

许褚将他们一律捆缚起来，载于囚车之中；又将临淄大小属官尽行解往邺都，入见曹丕。

曹丕大怒不止，即下令旨，将丁仪、丁廙等人一并诛杀。二人亦是面不改色，大骂不止。

却说宣武皇后卞氏听说已生擒了三儿曹植，不由心惊胆战，举止失措。急欲出手相救时，却听闻已杀了丁仪等心腹。

曹丕见母后出殿，慌忙请母后回宫。

卞氏哭道："你弟弟曹植平生嗜酒放肆，醉后疏狂，盖因胸中之才故也。你不念同胞共乳之情，怜此一命？吾至九泉，亦可瞑目也。"

曹丕忙答道："愚儿亦是深爱其才，安肯造次废弟？此欲逆其性也。母亲勿忧。"

卞氏乃含泪谢之。

曹丕出偏殿不朝。相国华歆问道："刚才莫非是太后劝王上勿废子建吗？"

"是啊。"

"王上，子建怀才抱智，终非池中之物也；若不早除，必为后患啊。"

曹丕把头一低道："可是，我早已答应过母后了。"

华歆却道："人皆言子建能够出口成章，臣却未深信。王上可召子建入殿，以才试之，若不能，即杀之；若果能，即贬之，以绝天下文人之口可也。此亦可堵太后之口。"

曹丕点点头，遂召子建入内。

曹植心中惶恐，拜伏请罪。曹丕道："你倚仗文才，竟敢无礼？以家法，则兄弟；以国法，则君臣。昔先君在日，你常恃文章，吾却深疑你必用他人代笔。今令你七步成章，若果能，则免你一死；若不能，则二罪俱罚，决不轻恕于你！"

曹植在殿中行了七步，其诗却已作成。诗道：

煮豆燃豆萁，豆在釜中泣。
本是同根生，相煎何太急！

曹丕闻之，不由潸然泪下。其母卞氏在殿后道："你又何必逼弟之甚也？"

曹丕也慌忙离座，告道："国法不可废也。我身为天子，于天下无所不容，又何况骨肉之亲？"

乃贬曹植为安乡侯。曹子建叩首谢恩，出殿上马而去。

实际上曹丕欲杀三弟曹植也不全是为了他不来奔丧、无视国法，因为他本来就知道曹植豪放不羁；另一个很重要的原因在于曹丕的妻子甄氏。

甄氏，乃河北省无极人，上蔡甄县令之女，生于光和五年（182）十二月丁酉日。

其母张氏怀孕后，忽于一夜梦见一位巨体仙人，衣袂飘飘，手中执一玉如意，立于其侧守护，似怕有异物相犯。张氏临产之时，于恍惚间见数位仙人入房，以王衣盖己体，张氏遂生了甄氏。

不料，甄氏三岁时，父亲暴亡。一日，江湖相士刘良过甄府，见甄氏于中庭玩耍，遂停步注目良久，说道："日后此女之贵，乃不可言。"

甄氏自小至大，并不好戏耍，十分文静，与家中诸姐妹大是不同。甄氏八岁时，门外来了一帮耍杂技的，锣鼓喧天，热闹非凡，家中人和甄氏诸姐妹皆登阁观之，只有甄氏纹丝不动地待在闺房中。她的一个姐姐很是奇怪，问道："门外走马为戏，老的少的那么多人，你就是不喜欢出来看一看，这是怎么啦？"

甄氏答道："嗨，这又岂是咱们女子所看的？"

此后，家中人对她另眼相看。

甄氏九岁时，又极喜读书写字。不过十岁，已将家中藏书尽皆读遍，又喜替诸兄长磨墨洗笔。兄长问道："你学习女工，却为何又来读书写字？你想当个女博士吗？"

甄氏却笑着回答说："我要个女博士又有何用？古之贤

者，未尝有不学前世成败，以为己诫者。若是不知书，又怎么能懂得兴衰成败的道理呢？"

诸兄听了此话，皆大为叹服。

后天下诸雄并起，兵荒马乱，加上又有饥馑，百姓皆卖金银珠玉等各种宝物。甄家是当地一大巨富，便大加收藏这些东西。甄氏尚未成年，却极具见识，对母亲说道："现在外面那么混乱，要这么多宝物有什么用呢？这不过是取祸乱的根子罢了。匹夫为罪，怀玉为罪。左邻右舍都没有粮食吃，饿得不得了，咱们不如以谷物赈借给亲族邻居们，广施恩惠，也多一条后路。"

此言一出，举家皆称其贤。

甄氏十四岁时，其二哥死了，家人大恸。为了安慰新寡的嫂子，甄氏事嫂极尽其劳；抚养侄儿，慈爱得仿佛母亲一样。甄氏的母亲对家人极为严厉，对家中的儿媳也是一般待遇。一天，甄氏对母亲说道："二兄不幸早终，只留下二嫂年少守寡，也幸亏留下这么一个儿子来延续甄氏血脉。二嫂本来心中就非常痛楚，若母亲再加责罚，她找谁诉苦去呢？以大义言之，待之当如妇，爱之宜如女。"

母亲听了这些话，心中很是感动，双泪长流，于是对新寡的儿媳很是怜爱，还让甄氏和她同居一室。

建安中，袁绍的中子袁熙娶甄氏为妻。婚后不久，袁熙出守幽州，甄氏不能随任，便留在冀州侍奉婆母。

建安八年（203），曹丕随父破了冀州。曹丕先领随身亲军，径自到了袁绍家中，下马拔剑而入。有一将军挡住了曹丕去路，说道："世子留步，丞相有命，诸人一概不许入袁绍府中。"

曹丕怒叱一声，喝退那将，提剑步入后堂，却见两个妇人相拥而泣。

曹丕本是行伍出身，脾气暴躁，见二妇人啼哭，便欲拔剑斩之。忽见红光满目，遂按剑问道："你们是什么人？"

年纪较大的妇人告道："妾乃是袁绍将军之妻刘氏也。"

曹丕的注意力早已放到了另一女子身上，又问此女何人。

刘氏道："她是我次男袁熙之妻甄氏。因次男出镇幽州，甄氏不便远行，故留在家中。"

曹丕走上前去，扶起此女子，见其披发垢面，却也掩不住天生丽质，便以衣衫擦拭其面而观之，见甄氏玉肌花貌，有倾国倾城之色，遂对刘氏说道："我乃是曹丞相的儿子，保你家无事，你不要有什么忧虑。"

曹丕按剑坐于堂下，乱军无敢入袁府者。袁氏一家遂安然无恙。

却说曹操统领众将入冀州城，至袁绍府门前，问道："谁曾入此门来？"

守门将回答说："世子在内。"

曹操心中有些不快，唤出曹丕责备他。这时，刘氏出拜道："非世子不能保全妾家，愿献次男之妇甄氏为世子执箕帚。"

曹操笑道："且唤出甄氏来。"刘氏便领出甄氏拜于曹操面前。曹操视之，说道："真是吾儿妇也！"

遂令曹丕纳之为妇。

麻烦就出在这儿。甄氏容貌绝世，有西子再生之态；而曹植则是才高八斗，卓立不俗。又加之曹丕整日为军国大事所扰，少对甄氏爱抚。相比之下，竟显得不如曹植对甄氏的情深意浓。曹植贵为皇族，经常出入后宫。他与甄氏虽然相差十多岁（甄氏大），曹植对这位嫂子仍不免产生爱慕之情，甄氏对小叔子亦是情意绵绵。

时日一久，曹丕大为恼火，严禁曹植踏入后宫。

甄氏和曹植分离后，心中悲苦异常，乃作一首《塘上行》云：

蒲生我池中，其叶何离离。傍能行仁义，莫若妾自知。
众口铄黄金，使君生别离。念君去我时，独愁常苦悲。
想见君颜色，感结伤心脾。念君常苦悲，夜夜不能寐。
莫以豪贤故，弃捐索所爱；莫以鱼肉贱，弃捐葱与薤；
莫以麻枲贱，弃捐菅与蒯。出亦复苦愁，入亦复苦愁。
边地多悲风，树木何修修。从君致独乐，延年寿千秋。

其实早在曹丕纳甄氏以前，曹植便曾求娶甄氏，却未能如愿。而曹丕终乘乱纳甄氏，曹操亦点头许之。曹植与甄氏终成遗恨。

却说曹丕见了《塘上行》一诗，心中大怒不已。其时正巧又出一事，遂令曹丕起了废弃甄氏之心。

黄初二年（221），曹丕又纳安平广宗人郭永之女为贵妃。郭贵妃容貌极美，其父曾夸曰："吾女乃女中之王也。"故郭贵妃号曰"女王"。自从曹丕纳之为贵妃后，甄氏逐渐失宠。郭贵妃欲谋正宫，与幸臣张韬商议。某日，曹丕忽然生病，郭贵妃即令张韬刻一桐木偶人，上面又写了曹丕的年命。郭贵妃亲自拿了木偶人，呈与曹丕，说道："适才妾在甄氏位下掘得此物，系魇镇陛下之用。"

曹丕见之大怒，又加读《塘上行》一诗，遂不究其真假，将甄夫人勒死于冷宫之中，而立了郭贵妃为皇后。

次年，曹植与弟弟曹彰、曹彪同朝京师。不料，就在辞别曹丕的前一天，任城王曹彰却莫名其妙地死于宫中。

曹丕亦令曹植于次日回封地。在送行宴会上，曹丕把甄氏生前用过的一个金缕玉带枕拿出来给曹植看。曹植想起甄氏生前种种情状，睹物思人，大为感伤，不觉眼中泪下。曹丕此时心中亦已悟甄氏之死实系郭贵妃之故，也不由感叹不已，遂把金缕玉带枕送给了弟弟曹植。

曹植悲喜交加，辞别曹丕，恍恍惚惚地往回走，似不知身在何处。

是日黄昏，抵达洛水。忽然，曹植看见前面有一美人，飘飘似游龙惊鸿。他赶紧询问御者：“你看见那个美人了吗？她是谁呀？长得如此美丽！”

御者奇怪地说道：“我没有看见什么呀。不过，我听说，河洛之神，名叫宓妃。您所看见的，大概就是她吧？我们这些人是看不见她的。”

曹植心中悲喜交加，他恍惚听见宓妃说：“妾乃甄氏也，东阿王还记否？我本托心于君，孰料事终不遂，而为帝赐死。上帝怜我，令我为洛水之神，号曰宓妃，以候君也。此枕是我在家时从嫁之物，前与五官中郎将，今与君王。”

待曹植再定睛细看时，哪里还有甄氏的影子，似乎刚才只是一个梦。曹植心中大恸。

不久，曹植便写了一篇思念甄氏的赋——《洛神赋》。他一面流泪，一面在洛水之滨焚烧这篇赋，似乎又看到了甄氏那轻云蔽月、流风回雪的美妙身姿。

一片落叶飘落下来，落在曹植身边。

《琴赋》 嵇康血洒刑场

这是盛夏的一个下午，太阳快到西山顶了，已经煞了威，天空中的云还只是清清楚楚的那几片。黄犬卧在屋檐下，舌头上不断地往下滴水。

嵇康坐在树荫下，左手叉着腰，右手握着一把大蒲扇，噼里啪啦地扇个不停。他的风度之潇洒是有名的，却看不出一点做作来，只是出乎自然的豪放，给人一种潇洒出尘的感觉。

他只是呆呆地发愣。不知为什么，他今日里忽然不由自主地把自己的身世回忆了一遍，清楚地知道这有点不可思议，却也无法抑止。唉，难道自己还是念念不忘功名吗？

他生于官宦之家。父亲名昭，字子远，督军粮，为治书侍御史，早就死了。其兄嵇喜，累官至扬州刺史、太仆宗正。嵇康幼孤，赖母兄鞠育成人。他字叔夜，少有奇才，远迈不群。学不师受，博览群籍，无不该通，长而好《老》

《庄》。又精于音律，善弹琴鼓瑟。二十来岁，娶了沛王曹林之女为妻，为魏宗亲，拜中散大夫。可那时是司马氏的天下啊，他也只好寓居河内之山阳县。与之游者，未尝见其喜愠之色。只与阮籍、山涛、向秀、籍兄子咸、王戎、刘伶友善，游于竹林，号称“竹林七贤”。

嵇康正独自想心事，坐在旁边的向秀碰了他一下，说道：“叔夜，我们吃了午饭以后，一点事情也没有做，咱们马上就锻打犁头吧！否则今天就完不了工了。你看，太阳已经偏得很了。”说完，把袖子往上一卷。

“别忙，白天长着呢！吃过晚饭也还可以做大半晌。天黑以前，保准能打好五个犁头。”嵇康定了定心神说道。他把身上的短褂脱下来，往矮矮的树枝上一挂，便提起大瓦壶一顿牛饮，灌了一肚子凉开水。

向秀打开炉子的门，添进了几大块燃料，便两脚分立，狠命拉起风箱来。

炉子中的火给风箱吹得一跳一跳，弧形的火苗紧沿着炉子边缘向上窜舞，一颗又一颗的火星随着轻微的爆裂声飞出来，但因为阳光过于强烈，火星一飞到门外面便再也看不见了。而烟囱里冒出来的烟却很清楚，细长而浓黑，冉冉地升得很高很高，最终消失在瓦蓝瓦蓝的天空中。

“你看，这火多旺，还不赶快把犁头放进去烧……”向秀看着嵇康，着急地说。

“不急嘛……等炉火纯青了，便什么事也不用着急了。”嵇康看着火炉说道，又拿起扇子挥了一阵子，才钳起犁头放进炉子里面去烧。

“算了吧！你的修养功夫单在这方面显露出来？上次道士孙登不就对你说过，你锋芒太露吗？”向秀说。

嵇康不由一怔，他记起孙登给他的临别赠言：“君性烈而才隽，其能免乎！”

向秀的风箱在呼呼作响。嵇康把犁头统统翻了翻身，让炉中的火力分布得更均匀一些。

犁头烧得差不多了。

一阵轻微而凉爽的风吹过来，池塘中的荷花随即起了一层波浪，荷香直往鼻孔里钻，让人燥热不已的知了的叫声也似乎减弱了不少。

嵇康深深地吸了一口气。

嵇康把已烧得通红的半透明的犁头从炉子里钳到铁砧上，让向秀用钳子紧紧地钳住，自己提起大铁锤，乒乒乓乓地敲打起来。

向秀觉得虎口被震得疼，知道自己打铁的功夫还不到家，捏钳的方式也不对劲，一时又不知道如何改进，便索性钳得更紧一些。这一来，虎口倒不痛了。

忽然，一阵嘚嘚的马蹄声，愈来愈近，最后在门口停住了。

嵇康手中没停下活计，心想：也许是袁孝尼他们，也许是吕安他们……不对，他们素来是走路，绝不会骑这么多马来的。

“先生，有客人来了。”仆人禀道。

“谁?”

“他说自己姓宗，不然就是姓钟吧。以前没来过，带了好几个随从，看样子挺阔气的……”

“一准是钟太史的儿子钟会。他来干什么呢?”钟会这个人他见过两次，给他的印象是一个华丽富贵的贵家子弟，随便见了谁，都是笑脸相迎，决计不得罪谁。可嵇康知道那笑脸之后隐藏的是什么，于是总是对钟会不理不睬的。

他对仆人说：“你就对他说，我去山北了，没有回来。”

“不，不。让他进来吧，我们给他冷面孔看。”向秀给嵇康出了一个促狭的主意。

“也好。你就说我在园子中，让他进来吧。”嵇康觉得这个办法不错，便笑了。

仆人一出园门，两人又开始打犁头。不一会儿，钟会便跟着仆人进了园门。嵇康一眼都不看，只管举着大铁锤乒乓乒乓地打个不休。

“久仰嵇先生大名，今日钟会特来拜访，藉聆教益……”钟会深施一礼，说道。

不料，嵇康一点儿也不理睬他。钟会的面孔一阵红一阵白，又渐渐泛出了青色。

嵇康和向秀继续不动声色地打铁，还打得格外起劲，打铁的乒乓声像针一样扎着钟会的耳膜。

过了好大一会儿，嵇康觉得已经够令他难堪的了，便准备抬起头来招呼他。不料一抬头看见钟会的背影，胸中就生出一股闷气，于是仍旧打自己的铁，装作没看见。

钟会强自镇定地在园子中兜了一个圈子，看了一会儿池塘中的荷花，见仍旧无人招呼自己，只得向嵇康说道："钟会告辞了！"说完，他便向园门走去。

"何所闻而来，何所见而去！"嵇康对着他的背影戏谑地问道。

"闻所闻而来，见所见而去！"钟会心中不由腾起一股怒火，回头说了一句，便带着悻悻的表情径自去了。走出嵇康家，钟会不由又回望了一眼，发狠道："有朝一日大权在握，非让你嵇康也尝尝这种滋味。"

嵇康和向秀相视大笑不已。

自从嵇康和魏文帝的远房侄女、沛王曹林之女结了婚，他的物质生活已经比以前好多了。但是最近一两个月来，他的精神却日渐萎靡，常常一个人看天，像在想什么，又像什么也没想，只是向天望着。

嵇康之所以如此，是因为钟会对他实施了第一次报复。嵇康喜欢的本是沛王之女自身，而不是曹家的高官厚

禄。但钟会竟造谣说嵇康是为了想做大官才做了曹家女婿的。他想借此使嵇康的名誉和声望在社会上降下去，以致臭不可闻。

流言很快传播开来。外面的人对嵇康不免有所怀疑和猜测，但这倒还在其次，尤令嵇康伤心的是妻子竟也相信了这些谣言。嵇康越向她解释，她越以为嵇康是在骗她。她向各方面探听了相当长时间，才知道的确是错怪了他。但此后，两个人之间就像隔了一层什么东西，再也不像以前那样亲密无间了。

嵇康便这样深深地陷入忧郁之中，外面的人不理解他倒也罢了，自己深爱的妻子竟也不理解他！他除了一个人独自望着天之外，还能说什么话呢？

这天，家中来了不少客人：山涛、刘伶、向秀、袁孝尼等人。嵇康心中十分愉快。

初秋的傍晚，天气不冷不热，枯黄的树叶一片一片地飘落下来。池塘中的莲花也不见了，只剩下长得结结实实的大莲蓬，飘来淡淡的略带甜味的清香。

几个朋友坐在一起，喝着茶，不紧不慢地谈着琐事。刘伶却是不要茶水，也不要菜，只端一碗白酒，津津有味地喝着。

“叔夜，我看你近来好像精神不太快活，倒不如出去走走，散散心也好。”山涛说。

“巨源，我知道你的意思，你也不用兜圈子！”嵇康笑着说道，“你就干脆叫我出去做官罢了，说什么‘散散心也好’，要个花枪罢了。你真是……怪不得有人叫你老滑头呢。”

刘伶刚喝了一大口酒，给嵇康说得一笑，刚到口中的酒浆便从两个鼻孔里喷射出来，弄了自己一身。

“希望你做官也不是恶意啊！凭你叔夜的本事，地位还能低得了？要是你果真愿意……”山涛望着嵇康说。

“咱们相处了这么久，你还是把我看作功名中人吗？”嵇康听出山涛确有这个意思，不大高兴地说。

“叔夜，这些都是后话，以后再说吧。你弹一曲给我们听吧，自你结婚后，我一直没听过呢。”向秀恐怕他们俩说得当真起来，弄得彼此脸面上过不去，便故意这么说，省得他们再纠缠不休。

“好吧。我也好久没弹了，指法都有点生疏了……”嵇康便让仆人去拿七弦琴。

刘伶已是带了八九分醉意，说话也有些含混起来：“叔夜的琴是我平日所最喜欢的，好得无以复加，阮咸也比你差些……”

“要是说到弹琴上，那也是人各有所好。”嵇康一面调弦子，一面说道，“物有盛衰，而琴却是不变的；滋味有厌，练琴却是不倦的。可以道养神气，宣和情志，处穷独而不闷

者，莫近于声音也……”

弦调好了，嵇康便弹了一个短曲子，低昂而沉郁，非常好听。

“这曲子叫什么名字？”袁孝尼是个琴迷，听出了曲子的滋味。

“这曲子名叫《广陵散》。”嵇康略一犹豫，又说，“我年纪很轻的时候，到洛阳去游历，晚上住在洛阳西门外华阳亭。我见月白风清，兴致一来，便弹了一会儿琴。忽然有个陌生人来访，我们整整谈了一夜，非常投机。临走之前，他教了我这支曲子，叫我绝对不要传授给别人……”

“原来如此。那，要是我想跟你学呢？你肯不肯教我？”袁孝尼说。

“概不通融……”嵇康报之一笑。

刘伶喝醉了，只是乱叫道：“再弹一支曲子，再弹一支曲子。”

嵇康心中高兴，便应道：“好，好。我再弹一支《楚妃叹》吧。”

琴声如淅淅沥沥的雨水下滴，又忽变为松林涛声，美妙无比，意境高远；其状若崇山，郁郁峨峨；又像流波，浩浩荡荡；声调时而畅通无阻，时而又郁结阻滞。

几个人都听呆了。

这时，向秀叫道：“叔夜不仅弹琴古今妙绝，写文章也是当世罕有哩。你这么喜欢琴，何不就在今晚写一篇大文章？”

听向秀如此说，其他几个人也都轰声叫好。尤其是刘伶，醉醺醺地竟要站起来去给嵇康拿笔墨。

嵇康一把拉住了刘伶，笑道：“醉兄，不劳你费力了。我早已在几个月前写好了，不过没取出来给你们看……”

众人都叫道：“好你个叔夜，还藏有‘私房钱’呢！赶紧取出来……”

待嵇康取出来，众人都把头凑过去看，却原是仿汉王褒的《洞箫赋》来写琴，取名叫《琴赋》。其赋曰：

……

含天地之醇和兮，吸日月之休光。郁纷纭以独茂兮，飞英蕤于昊苍。夕纳景于虞渊兮，旦晞干于九阳。经千载以得价兮，寂神跱而永康。

且其山川形势，则盘纡隐深，磪嵬岑岩，互岭巉岩，岞崿岖崟，丹崖险峨，青壁万寻。

……

看完，刘伶大叫道：“好文章！好文章！”众人皆连声称赞不已，都说：“叔夜，只此一篇文章，你便可名垂后世了……”

嵇康淡淡一笑，却不作应答。

不料，只过了几个月，却又出了一件大事。

好友吕安的哥哥吕巽道貌岸然，人面兽心，竟与弟媳勾搭成奸。吕安发现后，怒火中烧，训斥了妻子几句。想不到妻子丝毫不守妇道，唆使吕巽陷害吕安。陷害不成，又在吕安面前公然与吕巽通奸。

吕安心中悲愤，便跑到嵇康家中，告诉了嵇康。

嵇康勃然大怒，正在痛骂吕巽时，吕巽带着一身雨水从门外进来了。他一看见弟弟，便抓住他的衣领把他从椅子上拉起来。

“你看你，谁也不告诉，便跑出来了，是和我怄气还是怎么的？有事儿咱回家说不好吗？”

嵇康一下站起来，怒斥吕巽道：

“吕巽，你这是干什么？他刚才已经都告诉我了，你这样闹下去，还像话吗？”

吕巽浑身一颤，他没想到吕安竟会把这些事情都告诉了嵇康，顿时吃惊不小；随即又想到自己有京师的司马昭、钟会等人撑腰，不禁提高了嗓音：“你还是少管我们家的事为好……”

“我当然不便插手，但总希望大事化小事，小事化无事。”嵇康说。

吕巽却毫不理睬，只是恶狠狠地催吕安回去。

“算我瞎了一双眼，交友十载，直到今天才算认识你……”嵇康痛心地说。他转头对吕安说：“你不要去，看他能把咱们怎么样！”

“说得好！”吕巽板起面孔，奔向门外，“别怪我心狠，看你们两个还能不能逃出我的手掌心！”

第二天，吕巽就到了京师，找到了钟会。钟会一听嵇康也牵连在内，大喜过望，便对司马昭进谗言道：“嵇康乃卧龙也，千万不可轻视。放虎归山容易，要再擒他可就难啦。而且，我又听说，嵇康曾想助毋丘俭谋反，您若是再不除他，恐怕……”

司马昭不由心惊起来，把手一挥，道：“杀了也好！”

这样，嵇康和吕安便被莫须有的罪名，囚进了京师大牢中，并被判秋后问斩。

临刑前一天，三千太学生跪到司马昭门口，请求释放嵇康，让嵇康到太学中教书。但这三千人跪了一整天，司马昭也没有出来……

临刑前，嵇康要求弹一遍《广陵散》。当刽子手把这个要求向钟会禀报时，钟会大叫道：“不行！不行！赶紧砍下他的脑袋来见我！”

嵇康听了刽子手的回话，便叹道：“其实也没什么。凡人总有一死的，这有什么稀奇呢？只是那时候我不应该拒绝袁孝尼的要求。《广陵散》这支曲子恐怕要失传了！”

终于，嵇康被砍了头，和他同时受刑的还有吕安。法场外成千上万的人在流泪，从来不会流泪的刽子手也掉下眼泪，刀举了两三次都没有下得了手，第四次才砍下了嵇康的头。

就这样，《广陵散》便失传了。

《三都赋》 洛阳纸犹金

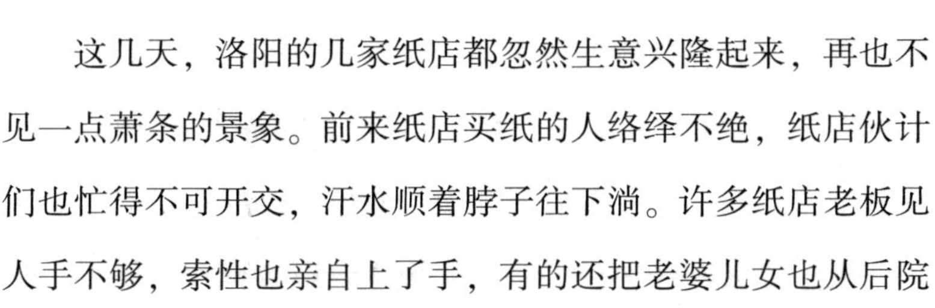

这几天，洛阳的几家纸店都忽然生意兴隆起来，再也不见一点萧条的景象。前来纸店买纸的人络绎不绝，纸店伙计们也忙得不可开交，汗水顺着脖子往下淌。许多纸店老板见人手不够，索性也亲自上了手，有的还把老婆儿女也从后院叫出来帮忙。钱可是个好东西呀，纸店老板还怕钱扎手？

可纸店老板心中很纳闷：这洛阳城里的老少爷们儿是怎么了？好像这纸店里卖的不是一张张的白纸，倒像是什么宝贝金叶。

“嘿!”纸店老板摇摇头，笑一笑，又赶紧忙着卖纸。现在可没时间想这些，生意要紧。

忽然，纸店老板看见东邻的王叟也挤进店中来了，便喊道：“王兄，您要借什么东西呀？到后院去拿吧，可别在这儿挤坏了您哟，我也忙不过来……”

不料，王叟的话却让他愣住了，王叟道：“掌柜的，我

不是借东西的，我也想买张白纸……”

掌柜的愣了一会儿，便笑道：“王兄你可别跟我开玩笑啦，你买纸做什么用?”

底下的话他可没好意思说出来，怕王叟面子上过不去：“你又不识字，不念书，要纸干什么?”

这时，王叟说：“掌柜的，你知道我是不识字的，可是我也想找人抄一份那个叫左思的人写的《三都赋》呀！到时候，留给我孙子、曾孙们也好……”

原来如此，这些人争先恐后地买纸，就是为了抄一份左思的《三都赋》！可不是，洛阳纸店的存纸已全部卖完了，尽管纸店老板们都在纸价上加上了砝码。仅仅过了这么十来天，纸店老板们手中积了一年的纸张全都神奇地消失了。纸店老板们只好赶紧到外地去贩纸，一趟又一趟。要是纸店没纸，那还叫纸店吗?

看看，纸价又涨到四千文一刀了。

左思是谁呀?竟然让全洛阳的人视《三都赋》为至宝?他是怎样写出使洛阳纸贵的《三都赋》来的?

左思本是临淄（今属山东省）人，妹妹左芬因才貌兼备而入宫当了修仪（妃嫔之一），他便也随着父亲从临淄迁到了京师洛阳。

左思家本是书香门第，一家人都非常聪颖，就是左思显得有点迟钝。小时候，父亲教左思、左芬两人念书。左芬总是一教就会，一点就透。而左思呢，却像个榆木脑袋，怎么教也不开窍。有时候学一个字，要老半天才能记住，更不用说让他去背一篇文章了。一次，父亲让他背诵《诗经》三百篇的头一首《关雎》，左思头一句就卡了壳，无论如何也想不起下一句来，口中重复着“关、关、关……”。父亲又气又恼，便给他提醒道：“头一句是‘关关雎鸠’！”左思连忙道：“是，是。关关雎鸠……”可不一会儿又忘了，仍然是“关”个不停。父亲哭笑不得：“关！关！我非要把你关起来不可！”

他小时候就是这个样子。所以，他的父亲很是为他担忧，为他将来如何生计担忧。一次，友人来左思家做客。席间，左思为客人上茶。父亲见了他呆头呆脑的样子，便叹了一口气，对客人说：“不是我贬斥自己的孩子，左思真是我最头疼的一个儿子！他现在这样，还不及我少年的时候呢！唉！”

刚刚走到堂下的左思正好听到父亲这句话，他心里一下子难过起来。倒不是因为父亲看不起自己，而是因为自己才学浅陋。

从此，左思不管白天黑夜都埋头苦读，有时口中喃喃自语，有时用手指在衣服上练习写字，简直连饭都忘了吃。父亲也不在意，认为左思再努力也不会有多大出息，便也不去管他。

这样匆匆过了两年，左思学业大有长进。

有一天，左思忽然拿出一篇文章给父亲看。他怯怯地说："父亲，这是我用一年工夫写成的一篇赋，请您指教。"

父亲不经意地接过来，心里想：文章通不通且放在后面，还不知道有多少错字哩。他翻开第一页，题目是《齐都赋》。他初时并不在意，看了几行后，拍案大惊，看定左思道："这真是你写的吗？"

"确是孩儿所写。"左思抬头答道。

父亲握住他的手，大喜道："苍天不负苦心人！吾儿有成矣！"

左思随父亲来到京师洛阳后，更是雄心勃勃，劲头十足，准备在文坛上闯出一点名声来。的确，他对自己的文学水平充满信心。

这天，左思在书房中随手翻阅各家作品。忽然，他看见了班固写的《两都赋》。这篇文章他早就读过，甚至已经背下来了。可不知为什么，心中一动，左思不禁又翻开其中一页：

至乎永平之际，重熙而累洽，盛三雍之上仪，修衮龙之法服；铺鸿藻，信景铄，扬世庙，正雅乐。人神之和允洽，群臣之序既肃。

乃动大辂，遵皇衢，省方巡狩；躬览万国之有无，考声教之所被，散皇明以烛幽……

读着读着，左思忽然觉得，《两都赋》虽然文字典雅，气魄宏大，写出了大汉朝东都洛阳和西都长安的那种富丽堂皇的宏伟气象，可有的地方缺乏事实依据，有时不免给人以虚假的感觉。

“我为什么不再做一篇赋呢？超过他们这些前人！”

他一下就想到了三个地方：三国时的蜀都成都、吴都建业以及魏都邺城。他决定以这三个有名的大都城为框架，各写一篇赋，合称《三都赋》。

要写好《三都赋》，就一定要避免重蹈前人覆辙，做到言必有据、真实可信。为了做到这一点，左思找到曾经在四川做官的著作郎张载。著作郎张载开始还不明白左思的意图，待听完左思的话，非常高兴，赞赏道：“我还没有见过像你这样认真的年轻人！真正可贵！可贵！”

说完，便把自己所知道的成都及其附近的风土人情、山川草木、鸟兽虫鱼等尽可能多地向左思作了详细介绍和解说，连一个细微之处他也没有漏下。足足用了三天，张载才把这些说完。

左思谢过张载回家后，又连夜找来了有关蜀都、吴都和魏都的大量史籍史料、方志和地图，对照进行研究思索。他要使对三个都城的山川城邑的描写都合乎地图所载，鸟兽草

木都能在方志典籍上找到记载。

待这一切都准备好后，左思便开始闭门谢客，埋头于写作了。他叫来家中一个男仆说："从今天开始，凡有来访客人，你便说我不在家。除非家中有什么大事，其余一概不许打扰我。"

仆人听了，觉得有点莫名其妙，但还是照着主人的话去做了。

每天天刚放亮，左思就准时从床上爬起来，洗洗脸、散散步，然后坐到桌子边翻阅手头的各种资料，构思文章的框架结构。直到家人叫他吃饭，他才放下手中的书本。

左思还在院子中、大门边，甚至厕所外面，各摆上一张桌子，安放好笔墨纸砚，随时随地想到一个好句子，便马上提笔抄到纸上，如获珍宝地拿到书房里去。有一次，在和家人一同吃饭时，左思忽然扔下筷子跑进书房去了，大家都很吃惊，不明白是怎么一回事，又不敢进去问他。过了好一会儿，才见左思出来，兀自口中吟咏着，大家才明白他是想到了绝妙句子，不由得哈哈大笑起来。

到了晚上，左思便对着烛光，拿出白天所写的文章凝神苦思，反复修改每一句话，直到自己满意为止。这样翻来覆去地改，纸上被画得密密麻麻的，几乎辨认不出哪些是删去的句子，哪些是要保留的句子。

他的妻子给他送饭菜来，过一会儿来看，饭菜原样未动；再过一会儿来看，还是原样。妻子催他吃饭，左思总是口里“唔，唔”地答应着，身子却不肯离开。常常是饭菜热了又凉，凉了又热，他才停笔吃饭。有一次，左思修改一个句子，由于构思太专心，居然把两支毛笔当成了筷子，夹起一撮菜就放进口中大嚼起来。突然发觉口中又苦又涩，才赶紧吐了出来，弄得满嘴污黑，用清水漱了好几次还觉得舌尖上有一股墨汁味。

当时，著名的文坛大家陆机也在洛阳，他也想写一篇《三都赋》。还没开始动笔，就有人对他说：“有一个山东人左思也正在写《三都赋》呢，先生要不要见见他?”

陆机不由拊掌大笑道：“哈哈哈哈，这个村夫，真是不知天高地厚。我道是个什么人物，原来是个无名小卒！他也想写大赋？写《二京赋》《两都赋》的张衡、班固都是汉朝的名家，这个村夫竟妄想超过前人，真是不自量力！”说完又哈哈大笑起来。

过了几天，陆机给他的弟弟陆云写了一封信，信中说：“京城中有一个狂妄的家伙叫左思，我以前从来没有听说过这个名字。他竟然想写《三都赋》，等他写完后，我就把它拿来当作废纸盖酒坛子。”

天下没有不透风的墙，陆机说的话不知怎么就传到了左思耳中。

左思知道后，觉得脸上像被人打了一耳光似的，火辣辣地难受。但他想，绝不能让别人看了笑话，一定要写出文质兼美的《三都赋》！

于是，左思更加废寝忘食地发愤写作，字斟句酌、精益求精。

后来，左思觉得自己藏书不多，手中资料有限，见闻也不广，知识又不博，便请求朝廷准许他当秘书郎去管理朝廷图书。这样，利用工作之便，左思经常到皇家图书馆去翻阅大量资料，以补充、改进自己的作品。

就这样，整整写了十年，黑发中生出了白发，左思由一个风华正茂的年轻人变成一个中年人，才终于完成了作品《三都赋》：

……夫蜀都者，盖兆基于上世，开国于中古。廓灵关以为门，包玉垒而为宇。带二江之双流，抗峨嵋之重阻。水陆所凑，兼六合而交会焉；丰蔚所盛，茂八区而庵蔼焉。

于前则跨躡犍、牂，枕倚交趾。经途所亘，五千余里。山阜相属，含溪怀谷。冈峦纠纷，触石叶云。郁葢蒀以翠微，崛巍巍以峨峨。干青霄而秀出，舒丹气而为霞……

耗尽十年心血，才完成这篇宏作，左思感到如释重负，无限轻快。他认为自己的这部作品定不会亚于班固的《两都赋》和张衡的《二京赋》，也定会得到当时那些文人学者的赞赏，不枉费自己的十年心力。但实际上并非如此，那些峨冠博带的鱼目文人们却都说三道四、吹毛求疵，一棒子打倒了他这篇费了十年心血的杰作，把它说得一文不值。文人相轻，古来如此。

左思愤愤不平，便拿着这部作品去找文学家张华品评。

张华读了一遍《三都赋》，感到非常惊奇，连连赞好，留左思共进晚餐。席间，张华说："先生才华，当世罕见。您的文章亦是至美之珍品。但是您在洛阳没有名声，所以大家都看不起您的作品。能够品评文章的人毕竟是很少的，这也不是什么奇怪的事情。皇甫谧先生德高望重，在洛阳城首屈一指，人人敬仰。如果您能找他写篇文章推荐一下，保险会受到欢迎，您也会立即出名的。"

听到张华的指点，左思立刻登门拜访了皇甫谧，说明了自己的来意，把《三都赋》呈上。皇甫谧接过《三都赋》，看了一遍，不由拍案道："奇才！真是奇才啊！"

左思听了，不由心中释然，庆幸自己的心血总算没有白费，也实现了自己的愿望和价值。

皇甫谧又说："我来为你的文章作一篇序言吧。"

左思大喜过望。

第二天，皇甫谧就为《三都赋》作了一篇序言，又找

到著作郎张载为《三都赋》作注解，中书郎刘逵为《蜀都赋》《吴都赋》作注解。

经过皇甫谧作序推荐以后，那些原来说长道短的文人墨客立刻转换面孔，交口称赞《三都赋》写得如何成功，如何优美动人。曾经被打入冷宫的《三都赋》，立即成了当时洛阳的畅销书。“豪贵之家，竞相传写，洛阳为之纸贵。”于是，便出现了本文开头的那一幕。

陆机听到这个消息，也找人借了一篇《三都赋》的抄本来看。他原来准备把左思的《三都赋》当作废纸来盖酒坛子的，这次翻来覆去地读了几遍，却禁不住连连点头称赏道：“写得好！写得好！”

他也放弃了原来准备写《三都赋》的计划。因为他断定，如果自己再写一篇《三都赋》，定不会超越左思，左思的《三都赋》只怕是当世无人能超越的了！

《滕王阁序》 王勃惊四座

岭南九月时节，西风乍起。谁知天公作怪，这天却突然之间北风大作！好一阵大风，将赣江上由南往北的船只鼓帆疾送，即便是百人摇橹也赶不上这般速度。王勃主仆二人却也幸运得很，恰巧在九月初九重阳节这一天来到了洪州地面。

一下客船，主仆二人边走边问，直奔大名远扬的滕王阁而来。

王勃今年二十六岁，正值青春年华，却已是初唐大有名气的诗人了，且为初唐四杰之一。他身体单薄，面庞瘦削，略显苍白，恰似风中的一株修竹。由于思虑过多，又加之怀才不遇，王勃的眼角也有了深深的鱼尾纹，两鬓竟过早地生出几根白发。他的青春活力几乎被坎坷的遭遇消耗殆尽，而这白发和鱼尾纹也只能令他对镜苦笑。但他的诗人气质却完全没有被磨灭，他仍有登临赋诗的雅兴。这就使他顾不上旅途劳顿，急切地想见一见久负盛名的滕王阁，以排遣一下穷途末路上的积愫愁怀。

尽管这些年来王勃漫游的足迹遍及陇石、剑南，阅历颇广，眼界颇阔，但走在洪州城中，他还是有许多新奇之感。山色淡到化入晴空的远山、大小船只穿往如梭的渡口、车水马龙的街市、卖花女清脆的叫卖声……这些景象都使王勃忘却了自己的悲凉境况和旅途劳顿，只顾用眼睛向四处观望。

正行走间，王勃忽听人群中有人说："老兄，阎都督正以文采选拔文学博士呢！这次老兄不去一试牛刀？"

王勃偶尔听得，却使他心头一震，两只眼睛中闪射出不敢相信的光亮：真有这等好事吗？

王勃急忙向一卖柑子的老者询问，果然是阎都督阎伯屿正在滕王阁中办宴，欲以诗文选出都督府文学博士。已有好多文人学士前去报名了。

王勃和老仆谢过老者，急忙赶往滕王阁。待走到章江门，二人看见一群人挤在城门旁边看墙上的布告。王勃便也急忙挤到人群中观看那盖着鲜红大印的告示：

> 为晓谕事：洪州大都督阎公伯屿于今重阳佳节在滕王阁中举行集才盛会，较试诗、文，有佼佼者向吏部荐为都督府文学博士。大都督阎公德高雅望，慧眼识人且广开才路，不论何方才子，均可登阁展才一试。洪州都

督府上元二年重九日布

王勃刚挤出人群，老仆就拉着王勃的手朝滕王阁方向急走。忠直的老仆是怕耽误了时间，又让小主人后悔一辈子。老仆自小在王府中长大，承王勃祖父看顾，所以对王勃家人忠心无二。他看着王勃自幼长大，二人极是情深。

“还等什么呢？”老仆拉上王勃就走。这个年已六十的小老头深恐这个天上掉下来的大好机会又像鸟儿一样飞走了。老头边走边絮叨：“老太爷总是说公子是怀才不遇之命，我就不信！运气总有一天会送上门来的。先前受点委屈又有什么！公子呀，那姜尚八十多岁才遇上的文王哩，到头来还是周室顶梁柱。苏秦倒霉那么多年，最后不也佩上了六国的相印吗？我看这次公子你是千里马遇到伯乐喽！”

老仆喋喋不休，王勃却一直未发一言，他心中正翻激着波澜。这几年几经宦海沉浮，他已无意于仕途。这次他和老仆去交趾看望父亲，就已经准备做个孝子，陪伴父亲到终；躬耕田亩，隐姓埋名了此一生。但是，话虽这么说，放着这一肚子才华却抛弃了功业，毕竟又是他难以忍受的伤痛。“难道，这一生真就这样完了吗？”他极力回避这个问题，但它却时时毫不留情地敲击着他的心门。

今天的这次奇遇委实是令人动心，有朝一日长缨在手的报国雄心不由得又萌发出来了，这使他神情激奋：男儿终当

执三尺长剑……然而，他又觉余悸难消，倒不是怀疑自己的才华，而是……这样边走边想，忽听老仆说："看！滕王阁！"果然，滕王阁已出现在眼前了。

滕王阁果然冠盖今世，气势不凡。不仅规模宏伟，而且造型奇丽，巧夺天工。滕王阁背后是悠远的蓝天，鲜红的阁檐斗拱、栏杆廊柱和翠碧的琉璃瓦屋盖，在九月秋阳的辉映下，闪耀着夺目的光彩。而"滕王阁"三字旧匾下面的新匾，题着"尊贤重才"四个隶体大字，古朴苍劲，阁门两旁的巨幅行书对联是：

上报朝廷翻彻淤泥紫金出

下安黎庶拔尽蒿草灵芝来

这都是阎都督重修滕王阁时挂的新匾和新联，以示阎都督仁怀、爱才之意。

滕王阁前，排列着前来赴宴的各级官僚、巨贾的轿马旌旗。众多的衙役武士身披铁甲，戒备森严，给滕王阁平添了一种威壮的气势。

"三尺男儿安事一屋？岂可老死蓬蒿之间也！"王勃一看见滕王阁，胸中那股气势早已萌动，不由神采飞扬，意动心驰。他领着老仆，穿过有众多卫士把守的通道，一步迈进了滕王阁大门。

这时，阎伯屿主办的诗文比赛还没有开始。宽敞的滕王阁大厅里，济济一堂的各方宾主，正乘着酒兴欣赏歌女们的轻歌曼舞，他们似乎都没有把举荐比试当作一回事，而歌女们的苗条身材和婉转歌喉才是他们此行的目的。宾客们个个目不转睛，专心致志地盯着场子中央。当侍从领着王勃进门时，只有末座中的几个人，对神情黯淡的王勃匆匆忙忙瞥了一眼，但谁都没有搭理他。

王勃倒也不在乎这些。这几年他四处奔波，早已见惯了白眼老拳之徒。而令他心冷的却是这次与会者和主会人的表现！

本来，王勃被引到三楼廊檐下。凭高极望时，王勃被滕王阁远远近近的壮观景色陶醉了。正当他心旷神怡时，出来接待客人的长史凌嘉出厅时的一番话语却凭空浇了他一头冷水！他未曾想到，今日滕王阁这次盛会，竟是为阎都督的爱婿吴子章巧取官职遮人耳目所走的过场。王勃更没想到这位贵为长史的凌嘉大人竟会话中带话，暗中威吓利诱，要他屈才藏锋！尽管王勃一再地在心中告诫自己要沉住气，但一股怒火还是蹿上了头顶，使得他两颊都涨红了。

王勃好容易才压下了屈辱和怒火，到被指定的末席上就了座。看来洪州人士都知道阎伯屿的用心，所以洪州士子几乎没有前来报名的，在座的全是阎府邀请来的捧场要人和清客们。

恼恨至极，王勃在心中暗暗冷笑，他决意这次要一鸣惊

人，刺疼那些卑劣之徒！要是吴子章是个有才之人也就罢了，偏偏那阎府快婿连文章也没读过几篇，却也来附庸风雅。王勃平生最痛恨这些人。他相信，在这些握有权势的老爷中间，还会有怜才之人存在的。于是，他用手指捏住了衣角，把神思和目光专注到主宾席和陪席上了。

老态龙钟的阎伯屿，作为一个统辖偌大个洪州地方的封疆大吏，除了及时行乐之外，他还醉心于贤名雅誉，最喜欢别人颂扬他德茂才高。重修滕王阁不仅使他捞到了不少油水，更使他听到许多赞颂。而今天的选才创举就更非同凡响，古来有此举动者有几人耶？美名定然会垂名后世！将来，只要滕王阁还在洪州地面上矗立着，哪个登上滕王阁的文人骚客会不知道阎伯屿？所以，他虽然已有了几分醉意，酒兴却依然未减，不断举起酒杯要同桌贵宾与他碰杯。

“酒不醉人人自醉也，不留文名也留酒名。来，干了这一杯！”

坐在首位上的新任州牧宇文钧颇为精明，极会拍马逢迎，是个官场中的混混儿。他按杯笑道：“下官哪比阎公海量……”

“可你没喝足量能行吗？”

“依下官之见，咱们还是留点余量，等着祝贺好诗妙文吧！”宇文钧又转头问同席之人，“两位大人以为如何呀？”

早已告老退朝的孟云州，现虽已经辞去了国事祭酒之职，却依然深孚众望。他捋着那把垂腹银须点点头说：“州牧大人所论极是。”

折冲都尉王辽也随声附和说：“此论正合吾意！”

阎伯屿也正要与众宾客炫耀爱婿吴子章的“高才”，宇文钧这一马屁拍得正是时候。他将酒杯一顿，对坐在陪席上的凌嘉说：“歌舞暂罢，开始比试诗文！”

在都督府中，长史是职位品级最高的属官，凌嘉本人老谋深算，深得阎伯屿的器重和信任。重修滕王阁和今日诗文盛会，就是他向阎伯屿提议的。

凌嘉与吴子章窃窃私语了几句之后，便以司仪的身份重申了比试的宗旨要义，又强调了评议从公、选才无私，最后提出先请一人作序为引。“今日所请皆我洪州俊彦，必能不吝文思而当仁不让耳！”他顿了一顿，转身向侧室呼道：“雅仙姑娘，捧出文房四宝来！”

侧室小门一开，仪态雍容的雅仙捧着一支管上系朵鲜红绢花的彩笔在前，另有捧砚、墨的两个使女在后，姗姗而来。

雅仙是个年仅二十的官奴，因多才多艺被阎伯屿提拔为小姐的陪读。她一出场，就为全场所注目。宴席上顿时有了一片低低私语之声，有人议论其美貌绝伦，有人耳语其传闻……

凌嘉引雅仙走向前席，一面低声告诉她：“切记：要遍

请与会宾客，但不得到末席上去谦让！”

雅仙遂逐席相让，然而众人心下明白，因此无一人肯接笔。这种一一“谦辞”的局面，使雅仙逐渐神情冷落，也使阎伯屿茫然不解：“诸位宾客，怎么都不肯接笔作序呀？”

孟云州随即接过一句，语中颇有些讥刺：“这自然是留待令婿了。”

王辽冷笑道：“下官也听说子章老兄早有准备，谁人敢在鲁班门前搬大斧？今日子章兄定然要独占鳌头喽！”

阎伯屿岂不知其中之意，他瞪了一眼正伸长了脖子等待着的吴子章，说道：“岂有此理！一个不长进的东西，嬉戏终日而荒疏学业，屡试不第，老大无成，有何资本在此盛会上献丑？”

“大人不必过谦！”凌嘉连忙说道，“子章兄虽然多年官星未显，却始终发奋而不怠，又常得大帅亲自教诲，而今可谓经史贯通，诗文精妙，乃当代之摘星手也。今日展才，势必如利锥脱颖……”

阎伯屿这才愠色稍释：“即便如此，亦不可过奖于他。”

宇文钧一直注视着让笔的雅仙，见她已经快走到末席，便转头对阎伯屿说：“看来，也真的只有令婿接笔了，雅仙姑娘已临近末席了。”

这时，身临末席的雅仙已近绝望了：她深知今日是凌嘉和吴子章做戏，但她先还指望有人接笔以示颜色，但满座之人竟然全都噤若寒蝉！她忽然想起了凌嘉的话："不得到末席上去谦让！"为什么凌嘉要遍让宾客，而单单不让到末席上去呢？莫非，正是斯处藏真才？她知道凌嘉和吴子章二人正用焦急的目光盯着自己，但她横下了心，置之不顾，随口吟了一句："淤泥将翻彻，尚无紫金出……"

这时，末席上等待已久的王勃立刻高声应对雅仙道："蒿草若拔尽，自有灵芝来！"

雅仙惊喜万分，紧走两步，双手将笔高高地捧送到这位丰神俊朗的青年面前。王勃不慌不忙，将杯中之酒一饮而尽，爽然立起将笔接过，在雅仙的引导下，泰然自若地走向了大厅当中摆放的书案。

全场的宾客早已惊呆了！吴子章惊慌不已地连连拉动凌嘉袍袖。凌嘉一时也没了主意，他皱眉咬牙，狠狠地盯着正捧笔点头向全场微笑致意的"狂生"。州牧宇文钧扫视了一下全厅，高声喊道："请问接笔者何人？可否报上名来，让众位宾客知道？"

王勃拱手朗声答道："书生姓王名勃，字子安。省亲途中幸遇都督盛会，冒昧献丑，还望诸位大人赐教。"

惊呆的宾客们顿时又沸腾起来。

雅仙又惊又喜：原来他就是大名鼎鼎的王勃！她合掌后退半步，神情激越又若有所思地看着这个不羁的书生……

宇文钧更是惊喜不已，忙起身拱手还礼："哎呀！原来

是子安兄大才驾到，实是不知，有失礼敬了！”

他坐下后又对阎伯屿作了一个揖：“下官有幸结识当代文杰，可是托了阎公的福呀！”

“哪里，哪里。”阎伯屿也拱一拱手，“这王勃是个什么人，大人竟称之为当代文杰？”

宇文钧稍稍一愣，随即又哈哈一笑：“阎公难道不知当代文坛四杰吗？王、杨、卢、骆，这为首的便是这位王勃呀！”

旁边的孟云州接上说：“他少时是个神童，十四岁就被当今皇上授官为散朝郎，到沛王府当了修撰，后来又到虢州当过参军。虽然仕途蹇滞而屡遭挫折，文名却誉满四海。他的文章清新，诗赋尤佳。只可惜老朽今日没能带来一篇呈给阎公过目，让阎公一饱眼福……”

王辽用手一拍桌子道：“新作即成足可饱览，孟公又惋惜何来！”

宇文钧也道：“王兄说得极是。阎公，如能把此人招至麾下，则洪州可谓文星高照矣！”

阎伯屿闻此言顿然而喜：“老夫一向思才若渴。此人若果如诸位所言，这文学博士定然不予他人！”稍顿，他又说：“雅仙报句，得一句报一句上来！”

雅仙正在缓缓研墨，闻声直起身来应道：“遵命！”又俯身研墨，低声对王勃说：“天刚午时，时间充裕着呢。”

在等待雅仙研墨时，王勃悠闲地观赏着面前那盆金秋时节开得妩媚娇艳的菊花。听到雅仙的关照，他用饱含感激的目光看了她一眼，随即将笔点入墨池。

上好的宣纸上落下一行秀劲挺拔的墨字。雅仙报道："题目：秋日登洪府滕王阁饯别序。"

阎伯屿嘴中复述题目还未完，听雅仙又报道：

南昌故郡，洪都新府。

吴子章鄙夷地贬斥说："这算什么才子？起句足见平常！"

孟云州却不以为然地来了一句："大手笔的开端总是力求工稳，又岂似那初学者故作惊人之语耳？"

雅仙又报：

星分翼轸，地接衡庐。襟三江而带五湖，控蛮荆而引瓯越。物华天宝，龙光射牛斗之墟；人杰地灵，徐孺下陈蕃之榻。

安静的大厅中顿时响起了啧啧称赞之声，大家全都为这篇佳句迭出的妙文倾倒了。孟云州叫道："好文章！妙手！"

王勃继续落笔，好像没听到人们的称赞。

时维九月，序属三秋，潦水尽而寒潭清，烟光凝而暮山紫。俨骖騑于上路，访风景于崇阿。临帝子之长洲，得仙人之旧馆，层峦耸翠，上出重霄；飞阁流丹，下临无地。鹤汀凫渚，穷岛屿之萦回；桂殿兰宫，列冈峦之体势。

他想起刚才在门口看到的洪州美景，禁不住神采飞溢，文如泉涌。他又蘸了一下墨，落笔道：

虹销雨霁，彩彻云衢。落霞与孤鹜齐飞，秋水共长天一色。渔舟唱晚，响穷彭蠡之滨；雁阵惊寒，声断衡阳之浦。

当雅仙用格外高昂而又略带微颤的声音报出这一段时，众宾客的激情再也遏制不住了。有人高声喊道：“真是奇才！”

宇文钧也兴奋得不能自已，举杯道：“为此奇才佳句，请诸位浮一大白！”

阎伯屿已知此人确实是旷世奇才，他虽然有点恼恨自己的女婿不成文章气候，却也为王勃的绝句陶醉了。他亦举杯对孟云州、宇文钧、王辽数人说道：“对酒当歌，人生几何！

有此绝句下酒，委实令人痛快，干！”

雅仙报完《滕王阁序》后，王勃又手不停笔，顷刻间就写下一首七律《滕王阁诗》：

滕王高阁临江渚，佩玉鸣鸾罢歌舞。
画栋朝飞南浦云，珠帘暮卷西山雨。
潭影闲云日悠悠，物换星移几度秋？
阁中帝子今何在？槛外长江空自流！

当雅仙报完最后一句时，全场响起了雷鸣般的掌声。

吴子章有点气急败坏地说：“斯文雅集而失斯文，成何体统！简直是风中乱草……”

宇文钧微笑着说：“欣逢乐事不自禁，何须责怪？是不是，吴公子？”

孟云州也解个中意味：“是啊，便是老朽，也要去敬他一杯哩！”说完，便拉着宇文钧、王辽二人去给王勃敬酒。

吴子章气急败坏，拉住凌嘉窘急地问道：“我那篇可怎么办呢？”

凌嘉简直是哭笑不得了：“我的姑爷呀，你还想在金山前面显铜钱吗？”

而雅仙，似乎完全没有意识到这两人的存在。她正用一种说不清的复杂目光看着人群中的王勃。

《大鹏赋》 谪仙奋广翼

唐玄宗天宝元年（742）秋，四十二岁的李白时来运转，终于有了出头之日。玄宗久闻诗仙大名，于是降下诏书，命他即速进京，以解人君思贤之渴。

李白接到天子诏书，又惊又喜。于是他回到南陵后，准备料理一下一双儿女的生活，即奔往天子脚下长安。

回到南陵，李白心中百感交集，热泪盈眶。他见到一双儿女平阳和伯禽，不禁想起死去的妻子许氏，怜爱地抚摸着平阳的头顶。

平阳姑娘不同于富贵人家的娇贵女儿。早年她在安陆寄人篱下的生活，以及后来到东鲁和南陵投亲靠友的日子，使她从小就体会到了人情冷暖和世态炎凉，从而锻炼出了一种平常女孩所没有的坚忍性格，寓刚健于婀娜之中。在父亲出门远游的时候，平阳独撑门户，很好地照料幼弟的生活。这一年，平阳还不满十六岁，言行举止，都酷似她的母亲许氏夫人。平阳想到父亲刚刚回来，一家三口暂得团圆，应该高兴才是，便强抑住泪水，略带欢喜地说道："爹爹，这几天县里的赞府大人派人来问了好几次，住在五松山那边的殷淑叔叔、韦冰叔叔和其他一些亲友，也都来探望，都问你几时归来。他们说天子已经下了诏书，让你到京师长安去做官，是真的吗？"

李白看着女儿笑了，两只灵慧的凤目中，忽然泛出明亮的光彩；一双豪放的雁眉，三绺潇洒的胡须，都在爽朗的笑声中微微抖动着。

"是啊，平阳，爹爹的时运来了！"

李白一手挽着平阳，一手抱着伯禽，欣然走下石桥，笑呵呵地沿着村边小路，向自己寓居的茅屋走去。

这时，一位年过六旬的老婆婆慢慢地从河边走来。她一望见李白，立即向前赶了几步，招呼道："太白先生，你可回来了！"

李白一看，原来是邻居荀妈妈，连忙停住脚步。

"太白先生，我说今天早上喜鹊怎么老是在我家树上欢叫呢，昨夜灯花也结了彩了。见到这些喜兆，我就知道贵人今日一定要还家！"

李白连忙放下伯禽，向老人连施数礼，荀妈妈乐得还礼不迭，连声说道："哎呀！太白先生，你这一礼可折杀我老太婆了！谁不知道你是天上的星宿下凡呀，连天子都听说

了，特地下诏书来请你到京都去做官的。像我这样的田家婆婆受你这一礼，说不定就会减阳寿三年哩！”

李白笑了。他异常感动地望着荀妈妈那有点菜色的面容和那满头银丝般的白发，说道：“荀妈妈，您老人家受我一拜，正应该增寿三年，而不会减寿的。我拜的是您老人家的好心肠啊。我初来南陵之时，穷途末路，贫困无依，还不是您老人家分出自己的房子给我遮风蔽雨，还不是您亲手蒸熟米饭，来为我填充饥肠。这半年多，我不在家，我的两个孩儿，日日同您相依度日，靠您照应他们的衣食。明日我西去长安，还要劳您老人家多多受累。您才是我艰难之中相遇的阿母啊！”

李白说着，又向荀妈妈深深一揖。荀妈妈笑了：“太白先生，看你说的！你不过是偶尔困乏，用了我们穷苦人家的几顿粗茶淡饭，就时时记在心里，还劳你写出诗来，说出我们种田人家的苦寒。左邻右舍的父老们，每逢闲时念起你写的那首诗来，都说我好福气，能在你的诗中传名千古呢。太白先生，你是知道穷人家的苦处的，将来出山为国家做事呢，一定也会怜贫惜寒，减免徭役赋税，让天下穷百姓们都有个温饱的时候。到时候呀，我们种田人家，还不知怎样来感激你的大恩大德呢！”

李白感动地连连点头。荀妈妈欣喜地看看平阳，用一只手拉住伯禽，道：“这两个孩子，一个比一个聪明懂事。你这次回来，我也舍不得让你把他们带走。不如就把他们暂时留在南陵，我老妪也愿意照顾他们的生活。”

四人一面说着话，一面走，不一会儿就来到家中。荀妈妈同平阳高高兴兴地一起到厨下去为李白准备酒饭。

李白到了家中，推开了窗棂，坐在靠窗的机子上歇息。伯禽刚刚六岁，在他膝边依偎着，两只手牵着他的衣襟，一步也不肯离去。

李白疼爱地抚摸着伯禽不太丰腴的脸颊，觉得这孩子比以前又瘦了一些，不禁心中有些酸楚起来。他感慨地环视着屋里的陈设：床帐和衾褥都已经是十几年前的旧物了，有的上面打着好几块补丁；仅有的几只箱笼，表面上的竹漆早就剥落了，在笥的衣衫也不多了。

他想起十七年前，自己轻舟出蜀，辞亲远游的时候：一身锦绣，风度翩翩。那时，出三峡，历江陵，南泛洞庭湖；游襄汉，上庐山，东趋金陵、扬州。路上遇有落魄贫困之人时，总是慷慨解囊，挥金相赠。结果，不到一年，就散金三十万，用光了父亲李客拨给自己的全部财产，而自己也陷入了困境。

幸亏这时，他在云梦得到了故宰相许圉师家的看重，许家以许圉师的孙女许氏相许。同许氏结婚后，他才结束了游子客游生涯，如辙鱼入水、僵而复苏，在安陆过了十年安定幸福的生活。这也是他平生最幸福的十年。

开元二十四年（736），为从裴曼学剑，他移家东鲁，寓居任城。但不幸的是，玉棺天坠，彗星永沉，竟在这里与夫人作了千秋永诀！

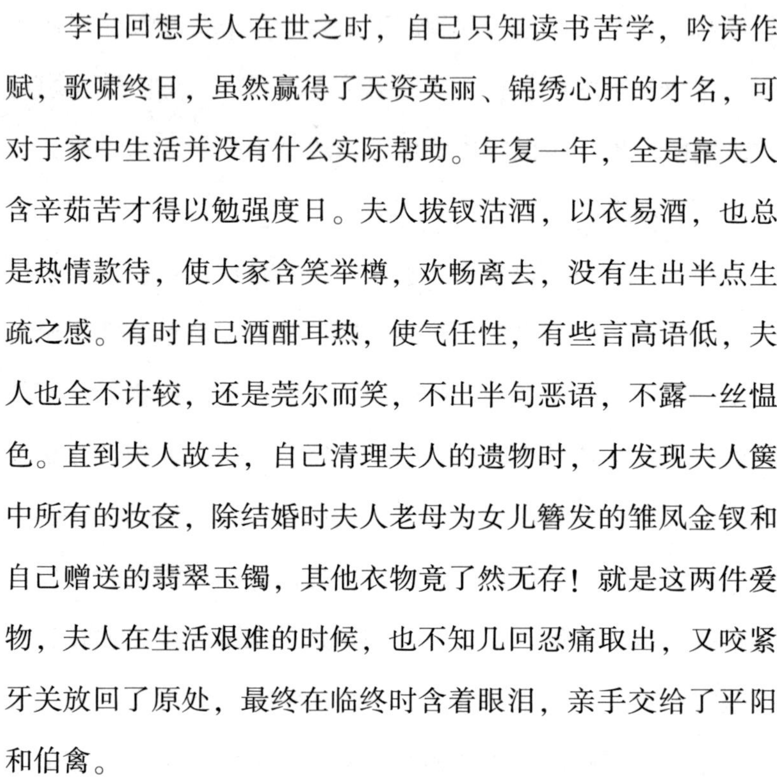

李白回想夫人在世之时，自己只知读书苦学，吟诗作赋，歌啸终日，虽然赢得了天资英丽、锦绣心肝的才名，可对于家中生活并没有什么实际帮助。年复一年，全是靠夫人含辛茹苦才得以勉强度日。夫人拔钗沽酒，以衣易酒，也总是热情款待，使大家含笑举樽，欢畅离去，没有生出半点生疏之感。有时自己酒酣耳热，使气任性，有些言高语低，夫人也全不计较，还是莞尔而笑，不出半句恶语，不露一丝愠色。直到夫人故去，自己清理夫人的遗物时，才发现夫人箧中所有的妆奁，除结婚时夫人老母为女儿簪发的雏凤金钗和自己赠送的翡翠玉镯，其他衣物竟了然无存！就是这两件爱物，夫人在生活艰难的时候，也不知几回忍痛取出，又咬紧牙关放回了原处，最终在临终时含着眼泪，亲手交给了平阳和伯禽。

夫人去世后，为了暂解儿女悲凄，自己在苦痛之中带着两个孩子离开了任城故居，沿着古运河漂到了南陵，在五松山下遇到了好心的荀妈妈。之后不久，自己只身入刿。

此行如能使天子垂青，得以为国家运筹帷幄，不仅可以实现自己平生的远大抱负，“使寰区大定，海县清一”；自己还当竭尽自己的智能辅弼圣主，如古代贤臣们一样，“仁名重于竹帛，德光施及草木”；同时，“事君之道成，荣亲之义毕”，即可扬帆五湖，归隐林下了。到时候，有清风扫门，明月待坐，于愿足矣！

想到这些，李白眼中放出了喜悦的光芒，顿觉胸怀渐开，宇宙入胸来。瞬息之间，他仿佛觉得自己的神思，正随着天上的白云，飞向长安，自己正在金銮殿上向玄宗天子当面陈述着治国方略。人间岁月，正在自己的渴望中变化着，变得越来越可爱，越来越令人留恋。

这时，平阳已将酒菜弄好，笑吟吟地走进屋中。她将手中捧着的青漆木盘放下，端出一碗鸡肉、一碗菜蔬和一壶烧酒摆到桌子上，说：“爹爹，你喝酒吧。”

“来，平阳，你也来，咱们一家人欢欢喜喜一起吃饭。”

李白抱起伯禽放到膝上，夹块鸡肉放到他嘴里，又提起酒壶，也不向杯中斟注，径自对着壶嘴咕咕地喝下两口。

平阳怕爹爹过于劳累，便去给伯禽盛了碗饭，再搬条凳子，让他在爹爹身边坐下。自己也端来碗饭，一边挨着爹爹坐下来慢慢吃，一边想着心事。

这半年多来，她一直盼着爹爹快些回来，觉得自己心中有许多许多的话要对爹爹诉说。爹爹有了出头之日，她心里自然感到欢喜，但不知爹爹此去命运究竟如何，她又有几分担忧。过去母亲还在时，她常常听母亲说伴君如伴虎，忠臣受戮，清白遭污，贤明被逐，奸佞得宠，这些是历朝历代都难以避免的事。爹爹那种狂放不羁的秉性和刚直不阿的人品，在家不做官尚且难逃众人诽谤，将来到了京都长安，身处龌龊不堪的官场浊流之中，万一言语不讳，冲撞了哪一位当朝的高官权贵，就有可能遭逢凶险。这些话，以前母亲在世的时候，不断地向爹爹讲起；如今母亲不在了，还有谁会用这些知心贴己的话去一句一句地规劝爹爹呢？因此，她想在临行前，把母亲过去常常规劝爹爹的许多话再重新提起，免得爹爹到长安之后意气用事，不知进退，遇到什么麻烦。

她又想同爹爹商量一下，让自己带着弟弟伯禽回东鲁去。她思念任城的故居，思念母亲的坟墓。夜里梦中，她常常魂飞万里，回到了母亲的孤坟旁……

"平阳，你在想什么？荀妈妈怎么还不来？"李白见平阳手捧饭碗出神，便奇怪地问。

平阳连忙按下心事，笑道："啊，刚才荀婆婆帮忙把饭菜安排妥帖，我请她到屋里坐坐，不料婆婆怎么也不肯，硬说自己田里还有活计，拦也拦不住她，只好让她走了。婆婆还说眼看着爹爹就是朝廷的大官了，现在贵贱不同，哪有平民百姓同朝廷命官一起坐地吃饭的。"

李白听着，眉头不由得皱了起来："嗨！这是什么话！大家都是炎黄子孙，同在一个天地中生活，昨日还是彼此亲近，今日怎么就变得如此生分起来了？"

"爹爹，你读了那么多书，怎么忽然说出这话！尊卑序列自古有之，难道爹爹还要去把它们全都改过来?”

听女儿这么一说，李白也不由得笑了。平阳又说道：“若想人人都像住在桃花源中一样，那爹爹就不用理会天子的诏书了，也不用去京都长安了。我们一家人总不分离，日日在一起多好!”

说到这儿，父女俩相视大笑，伯禽在旁边，也露出一双小虎牙，似懂非懂地乐了。

“爹爹，孩儿是个女儿家，却也记得父亲有一句诗说得好，‘珠玉买歌笑，糟糠养贤才’。女儿在家也常想，直木先伐，花多早落；才能越大，碰到的不幸和麻烦就越大。女儿很小的时候，爹爹就教我念‘狡兔死，走狗烹；飞鸟尽，良弓藏’。这首古谚，现在想想，真是历代人的一曲心中的哀歌。太平天子不喜诤臣，达官贵人偏爱阿谀，望爹爹牢记‘峣峣者易缺，佼佼者易污’的古训，此去长安，千万要多多谨慎啊……”

李白见女儿说得情词恳切，语气中带有无限忧虑，便也严肃起来，说道：“平阳，你就尽管放心。爹爹此去，一定会审时度势，用之则行，舍之则藏。即使得到了天子的倚重，功成名就之后，也还是要急流勇退，还归草泽，回来同你和伯禽住在一起。”

天色渐晚，村墟中茅舍的檐脊上，也飘下了云雾似的烟尘。一条小河，一刻也不肯停留，潺潺地向远处的青弋江

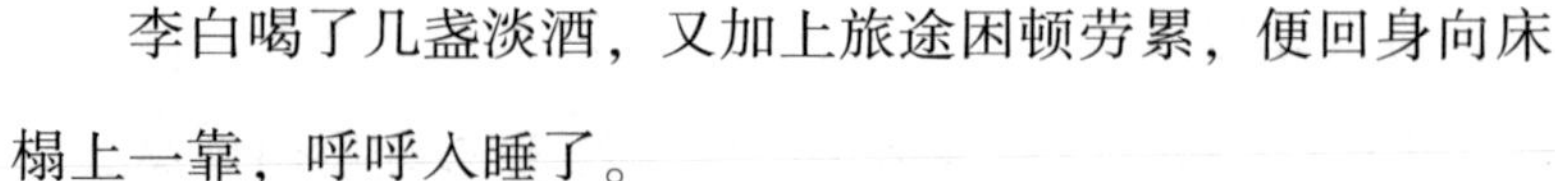

流去。

李白喝了几盏淡酒，又加上旅途困顿劳累，便回身向床榻上一靠，呼呼入睡了。

平阳、伯禽姐弟俩在村外忙着拾草，看着天黑了，平阳便拉着弟弟的手，慢慢转身走下石桥。一阵隐约的马蹄声，从远处县城方向传来。平阳心中一动，又仔细听了听，声音越来越近。不大一会儿，两骑如飞箭似的奔过来。

马上人勒住缰绳，向平阳询问道：“请问，李白先生的住处，是不是在前边村中？”

平阳见他是县衙中的差官打扮，身后还跟着一匹鞍鞯俱全的白花马，便知道来人同爹爹应诏入京的事有关，连忙答道：“就在路边村里。叔叔从哪里来？”

伯禽抢先介绍：“李白就是我爹爹，你跟我们走吧。”

说着，伯禽自己先扭头跑了。他以为爹爹还在熟睡，不等进门就高声大嚷：“爹爹！爹爹，有人找你！”

李白睡了不久就醒过来了，他想在天黑之前，出门拜访几位亲友，先商借一些路费，也给平阳姐弟几十两银子安排生活。听到伯禽的喊声，他便迎出门来。

差官抢前一步，单膝跪拜。李白慌忙抢前扶起，口中说道：“不必拘泥常礼。”

“小人是县里差来的。赞府常大人本来要亲自前来给先生道喜的，不料忽然接到上宪公文，西京玄元庙改名为太清宫，并于十月在骊山起造长生殿，钦命天下各州县献上贺表，并采集珍奇花木、遍选江南美女作为贡物速送长安。此事关系圣心喜怒，因此不能分身前来。常大人命我向先生致意，送纱帽一顶，锦袍两件，纹银五十两，骏马一匹，全是按朝廷征贤旧例于国库中拨出的。另有二十两银子，乃常大人敬赠先生的薄礼。常大人让我转告先生，鉴于上司一再行文催促，故已代先生选定入京陛见的行期。定于明日辰时，在十里长亭为先生备酒饯行，万望先生届时动身。"

李白本想在家多住几天，好好安排一下两个孩子的生活，这时听说把行期定在明日，实感匆忙，但又不好变动，便对差官说道："请你回去代我致意县尊和赞府大人，所馈礼物，一一拜收。本应亲到县中面谢，无奈李白刚回家中，明日又要启程，舍下尚有许多事需要料理，不能分身，万望鉴谅。"

"遵命！"

望着差役催马远去，李白不由沉思起来。虽尚未至丹墀，远离帷幄，可是对于如何惩治贪官污吏，澄清吏治，抑制豪强，他觉得已经到了思索的时候了。

这时，拴在篱笆边上的白花马，突然用清亮的声音长长地嘶鸣起来。它好像同这位诗人十分默契，抬头看着李白，仿佛要同人讲话似的。

李白转身走近白花马，他忽然惊奇地发现，这匹马的脖

子和腿都比一般马匹要长得多，体形细长，马腹紧收，不仅项下有一卷旋毛，而且前肩和后胯两侧，也都长着对生的卷曲旋毛。他记得自己看过的一部相马的书上说，旋毛在项者，飞如龙；出于肩胯两侧者，快如风。而这匹神骏全身骨骼峥峥如铜，身似白锦、五处旋花，分明是马中珍品——五花马！却不知道什么原因流落在这南陵小县。也许它一身傲骨不甘为庸人驱使，也许它天资神灵才频遭贬抑，弄得奇翅难展，神足难驰。

李白不禁有些恻然，他伸出手掌，轻抚着马头，怜爱地用手梳理着散乱的鬃毛。

“平阳，你看，这是一匹不可多得的五花千里马。现在毛色发暗，是因为它以前的境遇不好，以后只要精心看顾，不用多久就会现出光泽，展出它独有的骄姿的！”

平阳按爹爹的指点，仔细地观看五花马，脸上浮现出愉快的笑容，又欣喜地为五花马松开了勒带，取下鞍鞯，说道：“等我去荀婆婆家讨些草秣，好好喂喂它！”

如盘秋月，渐渐绕过村边的柳树梢头，照临着白茫茫的一片土地。

李白坐在灯下，慢慢地喝着剩下的一些浊酒。忽然间，他觉得自己诗兴大发，有写诗作赋的欲望。他想起自己读过的庄子《逍遥游》中的那只大鹏，恍惚间觉得自己已变为大鹏鸟，向着千里高空冲去，扶摇而上九万里，脊背如泰山那样崔嵬，双翅一扇，便如云彩纵横空中。自己在无边空际中左回右旋，倏阴忽明，簸鸿蒙，扇雷霆，斗转而天动，山摇而海倾！洒毛则千里飞雪，喷气则六合生云。又岂是那蓬莱小鸟黄鹄之辈所能比拟的？

李白酒酣耳热，文如泉涌，便拿起毛笔，顷刻而就《大鹏赋》：

南华老仙，发天机于漆园。吐峥嵘之高论，开浩荡之奇言，征至怪于齐谐，谈北溟之有鱼。吾不知其几千里，其名为鲲，化成大鹏，质凝胚浑。脱鬐鬣于海岛，张羽毛于天门。刷渤澥之春流，晞扶桑之朝暾。燀赫乎宇宙，凭陵乎昆仑。一鼓一舞，烟朦沙昏。五岳为之震荡，百川为之崩奔。……若乃足萦虹蜺，目耀日月，连轩沓拖，挥霍翕忽。……岂比夫蓬莱之黄鹄，夸金衣与菊裳。耻苍梧之玄凤，耀彩质与锦章。既服御于灵仙，久驯扰于池隍。……

李白心中得意，不由得大声吟咏起来：“吾右翼掩乎西极，左翼蔽乎东荒。跨蹑地络，周旋天纲。以恍惚为巢，以虚无为场。我呼尔游，尔同我翔……”

“好文章！果然李兄天下之大手笔也！”两位头戴方巾、举止斯文的客人，已经满面笑容地迈进门来。原来是韦冰和

殷淑。

“哎哟！二位贤弟，你们再不来的话，愚兄可是要见怪了！”

二人连忙回答说：“不然我们早就来了，听说兄长回来，我们特地在南陵酒楼定了一桌酒席，准备明日约几位诗友，一齐为兄长把盏贺喜，即席赋诗，尽情一笑，以申雅怀。”

“多谢诸位贤弟美意，但恐怕酒也来不及喝，诗也来不及作了！适才县里已派人来催促，定于明日辰时在长亭话别。”

殷淑和韦冰互相看看，都觉得有些意外。殷淑沉吟一下，站起来说道：“兄长，既然如此，我们只好赶紧回去张罗一下，将酒席退掉，只留几样好菜，明日叫人连酒一起送至长亭，为兄长送行了。”

他向门外招呼一声，一个贴身仆人走进来将一些银子放在桌上。殷淑说：“小弟承蒙兄长千金之赠，无以为报。自从兄长来居南陵，小弟们因手边一时拮据，不能使仁兄羁泊无忧。今幸遇天子降下恩诏，仁兄即将跃身龙门，小弟二人不胜欣喜，谨奉纹银二十两，以为路上酒资。”

“多谢两位贤弟美意，愚兄却之不恭，只得拜收了。”

两人又寒暄了一阵，随即起身告辞。

南陵秋日的清晨，比往日显得分外秀丽清娇。绚丽的朝霞铺满了东天，顷刻又变得淡淡的，几丝白云散乱开来，打成卷，堆成团。青弋江上吹来了湿润的凉风，将天空的白云揉来揉去，使之变幻多端，神秘莫测。

平阳几乎是一夜未眠，她在等候着这个不寻常的南陵秋晓。

她倚在窗边，凝眸远望，恍然不觉乌黑的云鬓已被寒湿的夜雾染上了一层纤细、晶莹的水珠。她怅然望着淡淡的月光怎样隐去，远方的鱼肚白怎样显露，直到耳边听到报晓金鸡的一声长鸣，她才回头望望依然酣睡的爹爹，想到应该赶快为爹爹准备早饭了。

这时，拴在屋桩上的五花马，忽然四蹄蹬动，抖抖鬃毛，昂首长嘶。

五花千里马的长鸣，惊醒了熟睡的伯禽。他揉揉眼睛，使劲地攀住爹爹的肩膀摇着："爹爹醒来！我跟你一起去长安！"

李白醒了，他翻身坐起来，见屋外已是一片明亮，景色绮丽，云烟花影，煞是可爱，心中不禁大喜。

平阳走进门来，见爹爹满面笑意，两只眼睛不由湿润了。她深深知道爹爹过去北游失路、南行空返、书室愁坐、悲歌自怜的苍凉心绪。上有权臣的排挤，下有小人的中伤，使得爹爹无辜受害，遭受了许多磨难。爹爹心中遂有了斗酒浇不灭的穷愁，长诗泻不尽的惆怅。醉酒狂歌夜，举杯邀明月；抽刀断水，顿地捶石，以至于竟随道士、僧侣跑入山中

寻求羽化成仙的神术！多少年的好时光就这样被消磨殆尽了！

平阳想起爹爹以往的遭遇和今天的喜事，心中悲喜交加。李白见她眼中含有泪水，便惊疑地问：“平阳，你怎么哭了？今天可是个好日子啊！”

平阳立刻破涕为笑说：“我是为爹爹高兴啊！”

李白一连喝了几碗酒，自觉心中暖热，颜面生春。平阳见他有几分醉意，便捧了一碗酸梅做的醒酒汤来。李白喝了一口，笑道：“平阳，你是怕爹爹喝醉了？爹爹今日就像园中的一只大鸟，不飞则已，一飞冲天；不鸣则已，一鸣惊人！嘿！那些常欲置爹爹于死地的小人，再待见了，又应如何！”

他双目炯炯有神，朗声吟道：

游说万乘苦不早，著鞭跨马涉远道。
会稽愚妇轻买臣，余亦辞家西入秦。
仰天大笑出门去，我辈岂是蓬蒿人。

红日近三竿，荀妈妈和几位送行的乡邻，都陆续来了。大家一边说着惜别和恭喜的吉利话，一边七手八脚地收拾行装。荀妈妈又为五花马添了一些草料，然后装上鞍鞯。大家伴着李白，拥出柴门，绕过竹篱，走上了长长的官道。

一条不知疲倦的小溪流，在石桥下面，潺潺不息地向东流着，它热情地带着自己的所有奔向远处的江河湖海。

李白转过身来，向大家拱手说道："相送千里，终有一别。望各位芳邻就此止步，李白告辞了！"

他向前迈了一步，深深地向荀妈妈躬身施礼，说道："自从李白流离南陵以来，您老人家始终待我如自家人。今日拜别，思绪万千。两个孩子有您老人家照顾，我也减少了许多牵挂。明日远隔千山万水，也难忘您老人家深恩。"

李白说着拿出五十两银子，请荀妈妈用来帮两个孩子安顿生活。荀妈妈笑着说道："太白先生，你就放心去吧！等你回来，我一定还你两个白白胖胖的孩子！"

李白哽咽着向送行的乡亲们抱拳示意，跨上五花马，硬起心肠催了一鞭。五花马扬起四蹄，旋风似的沿官道驰去。

平阳呆呆地站在桥上，望着五花马溅起的飞尘，也不知转身躲避。

"爹爹等等我，我要同你一起去长安！"伯禽哭喊着，举起两只小手向前跑去。

"弟弟回来！弟弟回来！"平阳跑着追赶弟弟。

荀妈妈抹抹眼泪，拉起两个孩子的手说："孩子，别哭。你爹爹去长安，这是大喜事，该高兴才是……"

平阳点点头，想笑一笑，然而成串的眼泪，却热热地从脸上淌了下来。

远处不知是谁家的闺女，用和婉的嗓音，忧伤地唱着李白先前写的词，声声传入平阳耳中：

平林漠漠烟如织，寒山一带伤心碧。暝色入高楼，有人楼上愁。玉阶空伫立，宿鸟归飞急。何处是归程？长亭更短亭。

这随风飘散的凄凉歌声，像是在诉说她心中对父亲的牵挂和担忧。

《悲清秋赋》 太白作南囚

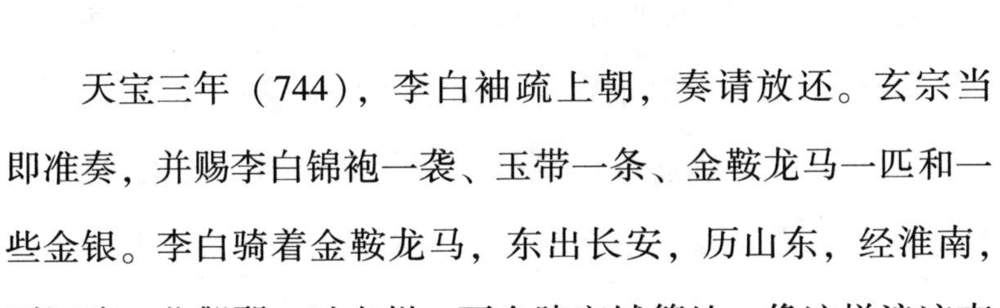

天宝三年（744），李白袖疏上朝，奏请放还。玄宗当即准奏，并赐李白锦袍一袭、玉带一条、金鞍龙马一匹和一些金银。李白骑着金鞍龙马，东出长安，历山东，经淮南，到江陵、北邺郡，过幽州，下金陵宣城等地，像这样浪迹南北东西，足足游荡了七八年之久。

几经浪游，朝中发生了许多事情，李白虽则身在江湖，却也兀自心惊不已：

北海太守李邕被奸相李林甫杖杀；

刑部尚书裴敦复接着被害致死；

左丞相李适之，被贬为宜春太守悲愤自杀；

咸宁太守赵奉璋被李林甫活活打死；

做过河西、陇右、朔方、河东节度使的王忠嗣因功高名盛，被贬为汉阳太守，终死于李林甫之手；

国舅杨国忠兵征云南，多少被征募的百姓没有生还……

而玄宗仍不问朝政，沉溺于酒色犬马之中不能自拔，朝事无论大小，皆委之于李林甫和杨国忠两个奸臣权贵。玄宗已没了昔日雄才大略的志向和抱负了，只晓得内嬖贵妃，外宠禄山，虔信方士符咒，只求长生不死，穷兵黩武，把个宗庙社稷、祖宗家业抛于脑后不顾。

李白在浪迹南北之时，接二连三听到的全是这样一些不幸的消息。圣听不聪，谗谤蔽明，何等可悲、可痛！

他想，自己在京师的时候，玄宗就宠信安禄山。从那时起，安禄山先后当上平卢、范阳、河东节度使等几个要职，拥兵十余万，雄霸雁北，割据一方。这个胡儿还借口筑城，大贮兵器粮草。待羽毛渐渐丰满，安禄山的骄横更是日益显露出来，而玄宗天子依然宠信如故。

天宝十一载（752）时，李白就在幽州亲眼见过安禄山的嚣张气焰。安禄山大军的戈铤就如星罗棋布一般，而士兵们又不时掠夺民间财物，扰乱百姓。北方这大片土地，难道圣上就不要了吗？难道就让安禄山这一条巨狼，把这大唐江山全部踩在爪下吗？这些情形，难道朝廷中也无人敢谏吗？社稷岌岌可危，苍生罹于兵祸，叫人如何忍住心头这口怒气？安禄山在京之日，有时随便出入宫掖，甚至通宵不出，秽声早已为外所闻，而圣天子竟一点不疑，反认禄山贼子为义子。李白当年所进宫词《清平调》并未以古喻今，却早在那时点破了杨贵妃的淫行。

亡友吴指南临终时的叮嘱，杜甫临别时的殷望，都使他打消了举家遁隐嵩山的念头，抛弃了终老谢公山的打算。但报国之门在哪里呢？

一天，李白怀着屈原昔日行吟泽畔的抑郁心情，行吟在金陵后湖。他面容非常憔悴，长须飘拂，双眉深锁，腰中还佩着一柄龙泉宝剑。李白时而高吟屈原的《涉江》，时而低颂己作的《远别离》，忧愁幽思，实无异于屈原。“屈原千载之后，其有谁哉？”他在心中呼号着。

湖水平静如鉴，李白的影子投落其中，映着他的满面愁容，映着他的灰白须发，映着他的满身风尘。

过了两年多，正是冬风南侵的时候，安禄山以诛讨杨国忠为名，率大军十五万，和义弟史思明从范阳长驱南下。大军所过州县，望风瓦解。守将有开门出迎的，也有逃跑不及而遭擒戮的，也有力不能敌而被杀的。那些想抵抗一下的州县士卒，也因所发兵器钝折朽烂，无有不败的。朝廷无战备，士卒不知战，安禄山未损一兵一卒，一下子渡过了黄河天险，攻陷洛阳，进逼潼关。

玄宗这才醒悟过来，但事起仓促，早已被频频的失利战报吓得束手无策了，整日心惊胆战。

安禄山起兵作乱之时，李白正在宣城。

李白似乎觉得耳边响着惊天动地的战鼓声，眼前飘着杂乱的旌旗，于是常常遥望长安而叹息。当他想着宗庙可能毁

于战火，蟾蜍将薄太清时，他简直是坐卧不宁，有时甚至汗流浃背。他想：东都已成丘墟，王城将为豺虎荡平，黎民也将血涂野草、骨成山丘……他恨不得马上投笔请缨、立斩鲸鲵，但又苦于找不到一个请缨的地方。

战火正在向南蔓延，宣城是不能再继续待下去了。李白左思右想，便决计暂去剡中。于是，他便行色匆匆地离开了宣城。

没过几日，李白行至金陵，想起了当年因谢安而闻名的谢公墩，便特地跑到城西北去凭吊一下。他在谢公墩周围徘徊着，想着昔日的谢安和王羲之，想着他们谈笑破敌的英姿，谢安那篇著名的谈话也便一句一句地在脑海中涌现出来：

> 夏禹勤王，手足胼胝；文王旰食，日不暇给。今四郊多垒，宜人人自效。而虚谈废务，浮文妨要，恐非当今所宜。

“如今，不也是四郊多垒吗？也应该是人人自效了！可是，我又如何能为苍生社稷效死尽忠呢？”李白痛苦地自语着。

投笔无路，李白只好由剡中前往庐山屏风叠，暂隐一时。真是大盗割鸿沟，如风扫秋叶。

第二年夏天，安禄山也终于攻破了潼关天险，直扑长安。

玄宗只好带领杨国忠、杨贵妃一行人马，仓皇向四川逃奔。不料，到了离长安只有百余里的马嵬坡，忽然六军不发，要诛杨国忠。玄宗天子早已噤若寒蝉，只好应军队要求，赐了杨国忠、杨玉环二人的死。这样，大军才继续进发。

玄宗天子逃到汉中以后，立即下了一道诏书，令十六子永王李璘，守住东南一带，授予他江陵大都督之职。

那时，太子李亨已在灵武即位，这便是唐肃宗。肃宗听说李璘引军东进后在江陵招募了数万军队，认为他是蓄谋为乱，便令永王归觐于蜀，意欲把他遣令江陵。不料，永王李璘却一径向浔阳进发，并不理会肃宗的圣旨，也不受肃宗节制。这样一来，肃宗便更加认为永王是擅自行动，割据谋乱。肃宗要保帝位，便趁永王东下之时，暗中调兵遣将，准备消灭永王。

李白隐居的那个地方，环境非常安谧、幽静。虽然深涧悬泉，万丈瀑布，每天都喧闹不休，但这是自然万籁之声，而不是小人之腹、奸佞之舌，谁也不会到这寥廓的深山中来捣乱。只有李白那颗忧时之心不能宁静，他仍在忧思朝廷和黎民众生。他知道玄宗逃往四川了，肃宗也即位了，杨国忠、杨玉环被赐死了，也晓得岌岌可危的长安城终会沦于胡贼之手。

隐不济代，独善何益？

李白苦恼地在山上生活着。每天清晨，他都爱到五老峰前后山径去走上一圈，顺便再拾一些枯枝残叶，看看能够一天用的了，便背回来，作为这一天煮饭烧茶的燃料。

每天清晨出门散步，他总可以看到庐山香炉峰的奇景。也只有那奇丽壮观的景色，可以使他郁结的心绪稍稍舒展一下。那种奇景真叫他入迷：香炉峰为初升的太阳照耀着，满山升腾着似云非云、似雾非雾的紫色氤氲。在紫气缭绕的两山之间，一道雪白如练的瀑布悬挂下来，高有千丈，哗哗哗地飞流着，仿佛天上的银河倾其所有，向下直泻。

正值李白烦愁之时，永王统率水师抵驻浔阳城的消息传到了山中。这支将要北上抗敌的水师的到来，顿使李白十分兴奋。他登上了一处高峰，神采焕发地立于峰顶，遥望浔江。但见满江战船，帆樯林立。永王的大业似乎也映入他的双眼。他不禁振奋地自语道："永王来了，李白投笔从军有路了。"

果然，永王的辟书三至。第三次下辟书的人正是永王帐下的大将季广琛。

季广琛几乎是在庐山上千回万转，才在五老峰下寻到了李白的隐居之处。不巧，李白隐居的茅舍草门半掩，无人影可见，季广琛不但没见到李白，也没见到一个可以询问的人。季广琛叹了口粗气，只好坐在一棵千年老松下等待李白回来。约莫过了半个时辰，忽见山脚处转出一个人来，长须拂胸，风姿潇洒。

季广琛料想来人定是李白无疑，便站起身迎了上去。他走到李白面前，施了一礼，问道："请问先生尊姓大名？我是永王李璘帐下属官季广琛。"

李白忙还礼道："原来是季将军。山人李白不曾远迎，还望恕罪。"

季广琛笑道："果然是李白先生。我奉永王之命，特来请先生出山……"说着，便从怀中掏出永王的辟书双手呈上。

李白把季广琛让进自己的茅庵，请季广琛坐在首位，自己在一石凳上坐下，便展开了永王的辟书。他从头到尾把辟书读了一遍，又向季广琛逊谢几句。

季广琛声若洪钟，恭请李白出山，并再三代永王致意。他久于行伍，性情豪爽，说话直率，诚恳而迫切，请李白当天下山。李白难以固辞，便答应翌日下山至永王军中。季广琛满意地告辞而去。

待季广琛走后，李白想到王命急宣，辟书三至，应该立投至永王幕府中效命。但他又想起了自己在长安时的遭遇，不禁又有些举棋不定起来，深恐自己会重蹈覆辙。前几天，当永王的第一、二次辟书前来时，自己还庆幸投笔有路。现

在真到了投军的时候，又有了些矛盾心情。想应辟下山，又觉身体疲倦，担心过不了紧张、劳顿的军营生活，而入幕府以后又不知是否会再受小人妒害。但当他想到巨鳌未斩，中原尚是豺狼遍地时，顿觉疑虑纯属多余，便决意明日下山。

第二天，永王李璘在楼船上大张旗鼓欢迎李白入幕。永王帐下的大将心腹、幕府群僚，无一不至。

席中上方，永王李璘正襟危坐。他身穿白色团花狐裘，腰中佩带鞘套镶玉嵌金宝剑，雄姿英发，满面含笑。见众人都已入席，永王从宝座上站起来，双手捧杯高高举起，面向李白说道："本都督素慕李翰林之名，书请出山，措辞急切，多有冒渎之处。驾到失迎，望勿以怠慢见罪。本都督今日特为李翰林迎风，请在座诸公同饮此杯！"

言罢，永王双手举杯首饮而尽。紧接着，四座宾客也都举起杯来一饮而尽，欢声雷动。

李白举杯谦笑道："胡贼安禄山叛乱我大唐以来，中原横溃，国命悬于旦夕，苍生尸陈遍野。白虽才微识浅，愿捐此微躯，投效英王帐下，以尽绵薄之力。白当追随在座诸公之后，效祖逖击楫江流，斩除鲸鲵，清扫中原，同佐英王，共匡大唐社稷，安乐众生黎民！"

永王哈哈大笑，道："太白先生果然豪杰之士也！先生济时而出，实是李璘求之不得之事也。在座诸公，何不痛饮一番？"

李白也畅笑道："我与将军将共同破敌。莫说几觥酒，就是二十三十，又有何妨？自愿陪永王殿下一醉！"

酒饮到酣处，李白见永王舟师整肃，诗兴大发，便乘兴写了一组《永王东巡歌》，其十一写道：

试借君王玉马鞭，指挥戎虏坐琼筵。
南风一扫胡尘静，西入长安到日边。

可谁知世事真是难料。李白满怀豪情到了永王幕府，不料不到一个月，永王的大军仅行抵当涂，肃宗陛下却在暗中调换兵力，四处阻挡行军。永王麾下的大将，都不愿卷入此争的旋涡，纷纷引兵而去。皇帝调来各地兵力围堵永王，永王李璘又焉得不死！这样一来，永王李璘的一条英雄性命，便断送在他的哥哥李亨手里，东征的计划也便流产了。

肃宗李亨是把永王当叛逆围剿的，李白既已入永王幕府，自然不免要被朝廷论罪。但李白刚出庐山，又怎能晓得此中内情？怎能想得到从永王抗击敌人便是从逆呢？

在肃宗所调各路兵力围剿时，李白幸运地在丹阳逃走了。他仓皇如丧家犬般向西南方向奔逃。李白奔亡途中不断地思索着这一个多月来的遭遇，却百思不得其解。他眼看着靖幽燕、灭旄头的希望破灭了，心如火烧般痛苦，十分难过。

一路上，李白老是思索着季广琛在引军离开永王时说的话："吾与公等从王，岂欲反邪？"

是啊，季广琛和李白等人皆是要扫清胡尘、安定社稷的志士仁人，而肃宗则一心只想着自己的帝位宝座，不问青红皂白，凡从永王的，便一律认作反叛，不由分辩！肃宗已经逮捕了许多永王幕僚，李白于万般无奈之下，只好西渡长江，向南方逃走。他先是逃到安徽太湖，又逃到了宿松，再逃到了彭泽，委实是万分狼狈，惶惶不可终日，不知道逃到哪里才算是平安无事。

当李白正想从彭泽再次出逃时，朝廷知道了他的所在，不费吹灰之力便在彭泽逮捕了他，给他戴上了沉重的大木枷，说他从永王附逆，罪责难容。这样，他被解到了浔阳狱中关押起来。

这时，已是寒风乍起的初冬时节，冷气袭人，夜晚狱中就如冰窟般寒冷。李白望着狱外不断被风卷起的满地黄叶，想起自己孤单一人，更加思念一门骨肉，思念几位知心朋友。而一想到自己本是白玉一样清白的身躯，如今却蒙上了如此不白之冤，更是感到悲愤不已。

一声凄凉的乌啼，触动了他的才思。这夜，他握笔写下了《上崔相百忧事》，以倾吐自己的愤懑。

多亏了大唐名将郭子仪，李白才得以从狱中脱身。李白当年游至太原时，见一人被缚于囚车之中押赴法场。李白见囚犯仪表堂堂，眉宇之间一股英气，又毫无惧死之意，便一路跟着囚车走，一路把些剑法、兵法拿来问他。哪知此人胸怀大略、文武兼备，听李白问他，便口中滔滔不绝，似欲将一生所学倾囊相授，哪似个即将赴死的犯人。李白暗暗称奇，便叮嘱行刑的刽子手几句，找到参军元演，保下了此人。此人便是后来功盖大唐、威名赫赫的郭子仪。郭子仪后来能有此出息，也不枉李白救了他一场。

二人交情非凡，情同手足。郭子仪听说李白被关在浔阳狱中，心里着急，连忙保奏。终于，囚在浔阳狱中的李白被释放了。但过了不久，又被肃宗下诏流放到荒凉、辽远的夜郎。这时，李白已是五十八岁的老人了。

道路茫茫。李白登上了一个高丘，向来时的路看去，但见萧萧瑟瑟一片初冬景象。江水凝重，缓慢地流淌着，不时有一片落叶被寒风吹起，霎时不见了踪影。

等在客店落脚时，李白从随身带的一个小包袱中拿出笔墨，哆哆嗦嗦地写下了《悲清秋赋》：

登九疑兮望清川，见三湘之潺溪。水流寒以归海，云横秋而蔽天。余以鸟道计于故乡兮，不知去荆、吴之几千。于时西阳丰规，映岛欲没。澄湖练明，遥海上月。念佳期之浩荡，渺怀燕而望越。

荷花落兮江色秋，风袅袅兮夜悠悠。临穷溟以有

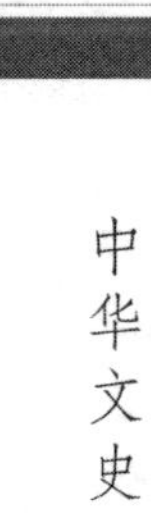

羡，思钓鳌于沧州。无修竿以一举，抚洪波而增忧。归去来兮，人间不可以托些，吾将采药于蓬丘。

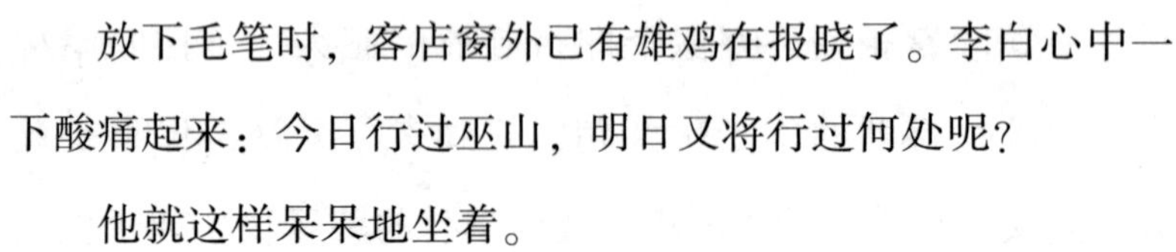

放下毛笔时，客店窗外已有雄鸡在报晓了。李白心中一下酸痛起来：今日行过巫山，明日又将行过何处呢？

他就这样呆呆地坐着。

《秋声赋》 老臣悲国事

嘉祐四年（1059），欧阳修已经五十三岁了。虽然他依旧胸怀老骥伏枥之志，却也感到自己已经老了。他的耳中不时就会响起一阵虫鸣，眼睛看东西也不是那么清楚了，腿脚也不太利索了。

早年间，由于他极力主张政治革新，为挚友范仲淹的政治改革运动不遗余力地摇旗呐喊，因此为朝廷中一帮奸佞小人所侧目、嫉恨。但是他何曾感到过恐惧、疲劳？甚至当他“忤”权臣吕夷简而被放逐数年时，又何曾自怨自嗟？

庆历三年（1043）之后，夏竦、吕夷简终于被他和蔡襄等数人上书弹劾而先后罢官。然后他又和韩琦丞相大刀阔斧，提出了十项改制措施的主张，令天下士子振奋不已。但这又引起了某些大官僚的不满，范仲淹等人也随他一起遭贬：庆历四年（1044），范仲淹被逐出朝廷，出任陕西河东宣抚使；同僚滕子京也被贬到岳州。那时节，他还写了一篇

文章来安慰诸友。远在邓州的范仲淹也写下了著名的《岳阳楼记》，以“先天下之忧而忧，后天下之乐而乐”自勉。当他看到这里时，不由抚案笑曰：“‘回也不改取乐’！仲淹公真吾友也!”

而如今，当年的豪气哪里去了？

难道是自己真的信念消退了吗？

他还是十多年前那个“人知从太守游而乐，不知太守之乐其乐”的欧阳修吗？

欧阳修委实无法回答自己。

夜幕渐渐落下，门外秋风飒飒作响，不时响起一两声蛰虫的鸣声，更增加了秋夜的寂静和悲凉。

欧阳修用过一点晚膳，便坐在书案前读书。他凝望了一阵书房门匾上的“六一居”那三个字，就翻开了《论语》。他随手翻了几页，忽然看到这么几句：

凤鸟其飞乎！
泰山其颓乎！
哲人其远乎！

这是孔子晚年的哀叹。

欧阳修也不由发出一声叹息：凤鸟其飞乎！

忽然，欧阳修听到一种自西南方向奔来的声音。一时之间，他不知道这是什么声音，不禁有些惊异起来，一面支起耳朵细细聆听，一面自言自语地说：“奇怪啊，这是什么声音?”

初时，声音如细雨般淅淅沥沥，如春蚕食叶般窸窸窣窣。霎时间，声音一下子大了起来，像海上的波涛在汹涌奔腾，宛似夜晚的风雨骤然而至，一碰到石头、树木什么的，便发出铮铮的声响，绝似两军对垒时双方的兵器撞击时的鸣声；又像一支奔袭敌人的奇兵，人皆衔枚疾走，听不到将军的号令，只闻人马雄浑的行军声。

欧阳修还是听不出这是何种声音。是敌人来了？不会的！他断然否定了这种判断。他对侍读的一个童子说：“外面这是什么声音？你出去看看，回来告诉我。”

童子应答一声，推门走出去。过了一会儿，童子回禀道：“没有什么东西呀。就看见天上有皎洁的月亮、清冷的星星，明亮的银河横在天上。四周什么也没有，连个人影也看不见……噢，对了，您所说的那种声音响在树木上。”

原来是秋风。

秋风来时，草木顿然为之枯黄，由碧绿转为阴暗无色，烟气飘飞，云雾消失。天空变得澄清明亮起来，显得更加高远，日光更加灿烂。天气也寒冷起来，盛夏的酷热似乎逃到了地下，有时竟至于刺人肌骨。大地一马平川，萧萧瑟瑟，山川也寂静、寥落起来了。

与春天、夏天相比，秋天完全是另一个世界，连人也换了一个样子。

所以，深秋的声息，显得凄凄切切，呼号奋发。本来在夏天时节，各种草木都长得青翠茂盛，争着往高里长。秀丽的树木如杨树、柳树之类的，也都葱葱郁郁。而一旦到了秋天，西南风一刮过，青草立即变了颜色，树木也跟着叶子脱落，四处飘零，如异乡游子一般。它们之所以摧败零落，乃是因为秋气剩余的威力。秋有肃杀之气，所以执掌刑法、狱讼的刑官分属于秋。因此，秋气是天地的义气，常以肃杀而为心，正是决狱讼、征不义之地、诛暴慢之人的时节。

“悲哉！悲哉！这就是秋声啊！”欧阳修不禁摇头叹息。他转过头来，对坐着的童子说：“唉！草木无情，有时飘零在风中也没什么悲伤的。但人啊，却不是这样，因为人是万物之灵。虽然庄子曾说：‘必静必清，无劳汝形，无摇汝精，乃可以长生。’但是人怎么会没有一点忧愁呢？人是活在世上的啊，多种忧虑会震动他的心，各种事情也会让他感到身体疲惫不堪，心中动荡不已，能不摇其精吗？更何况，有时候会想到他力所不能及的一些东西，和他的智力所不能达到的境地！人就总是这样受着无尽的折磨，红润的面容一天天变得枯槁，乌黑的头发变得花白起来。人又不是金石之质，为何要以非金石之质，与草木争荣呢？人的日益衰颓本是被忧思折磨的结果，怎能怨恨秋声悲凉呢？你说，是不是这样？”

不料，童子没有应声。

欧阳修以为他没有听到，又问了一遍，童子还是没有回答。他走过去一看，不由笑了起来，原来小童子熬不得长夜，已坐在板凳上睡着了，还发出轻轻的鼾声。只听见房屋四壁，不时有纺织娘那悲凉的鸣叫声传来，如年老色衰的佳人在抚琴，又像是旅人在一声声叹息着。

欧阳修站了一会儿，把灯芯拨亮了一点，坐在书案前，挥笔写了一篇《秋声赋》，把自己的忧思和着秋声织进了这篇文章：

> 欧阳子方夜读书，闻有声自西南来者，悚然而听之，曰：“异哉！”初淅沥以萧飒，忽奔腾而砰湃，如波涛夜惊，风雨骤至……

《迷楼赋》 李纲警当世

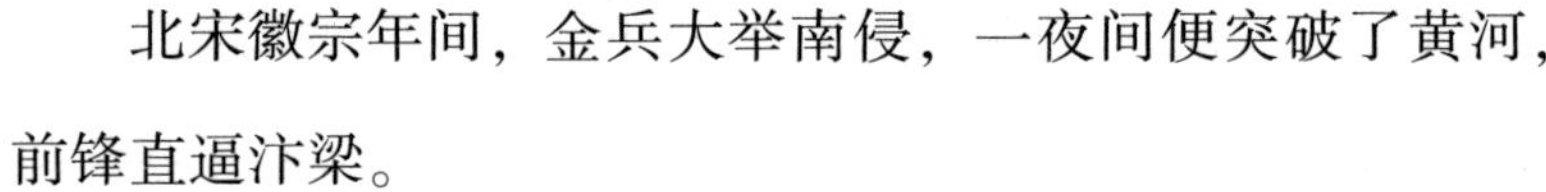

北宋徽宗年间，金兵大举南侵，一夜间便突破了黄河，前锋直逼汴梁。

此时徽宗正与后宫妃嫔们缱绻，看到大臣们的奏折，顿时急得手足无措，似热锅上的蚂蚁。他忙召集了一班佞臣来宫中商议对策，以保江山永固。

宇文虚中献议道：“以愚臣之见，陛下今日宜先降诏罪己，然后命太子监国，更革弊端。陛下则南幸暂避，御侮之事，可责诸侯将帅……”

徽宗只管自己保命要紧，哪管得了其他事情，便大喜道：“正合朕意！”

徽宗既深以为然，便于次日上朝时，命群臣策议，拟命太子监国。

群臣一时议论纷纷，只有李纲以血书谏曰：“陛下，臣闻：自来名不正，则言不顺，监国何以安内攘外？不如禅位于太子。太子英明，定能挽回天意，收拾人心。”

徽宗也有此意，便趁此机会，下诏禅位，召太子桓入朝，被以黄袍。太子涕泣固请辞，徽宗不许，于是太子只得受禅，是为钦宗。次年元旦，改为靖康元年（1126）。尊徽宗为教主道君太上皇帝，退居龙德宫；进李纲为兵部侍郎。时值宣和七年（1125）十二月。

此时，天下皆知蔡京、童贯等人误国，只因朝臣大半是他们所荐引，故无人肯直谏。太学生陈东率诸生联名上书道：“国事如此，乃由蔡京坏乱于前，梁师成阴贼于内，李彦结怨于西北，朱勔聚怨于东南，王黼、童贯又结怨于辽金，创开边隙，因此使国势危如累卵。此六贼名异罪同，伏愿陛下乾纲独断，擒此六贼，斩首于市曹，传示四方，以谢天下。”

此论一出，朝野震动，又有数位诤骨大臣也上书当朝。兵部侍郎李纲此时亦上密疏请谏诛王黼。

钦宗固然已知六贼罪恶，只因嗣位不到一月，似难诛戮大臣。

恰巧王黼得悉有人参劾，已载妻孥遁去，钦宗便顺势下诏开封府尹聂昌密诛。昌即遣武士追至雍邱，在一民家杀了王黼，托言为盗所杀。

钦宗又下诏把李彦赐死，并抄没其家产；将朱勔放归田里，凡由朱勔而得官者，一律罢黜，朝中气象由是一清。钦

宗诏中外臣庶，直言得失，朝政颇有刷新气象。

这都是为金兵逼迫而致。

此时，有探子入京报说，金兵因边境不靖，已奉诏退兵。

是时，天下子民莫不欢喜雀跃。

却不料金兵一退，钦宗竟仿效徽宗皇帝，大兴土木起来。朝中数位正直大臣不由惊愕不已。他们原道钦宗是个贤君明主，不料，却又是一个贪图享乐之辈。

李纲更是心痛不已，他本已上奏，恳请钦宗趁金兵退兵之际乘胜追击，收复失地。今见钦宗如此，便也不再议，心知再议无果。

一日，朝中无事，钦宗便领群臣入后宫游赏。

钦宗行于前，李纲等人跟随在后面，从东面穿过一条小花径，折向南面而渡过碧芦丛，又向东进入小便门，遂抵宣和殿。正殿只三楹，左右掖亦三楹。里面设置着图书笔砚、鼎彝器皿、几案台榻，多是自周、秦以来的物品，古色古香，极是珍贵。东西庑侧又各有小殿，亦三楹。东边殿名唤作“琼兰”，积石为山，峰峦间出，有泉水从石窦中出，奔注于沼，清且泛着涟漪。北有御札静宇，额名作“洗心涤虑”。西边殿名唤作“凝芳”，后边名作“积翠”，南边名作“琼林”。北边一洞天，名叫“玉宇”，全用巨石砌成，只衔接处稍加斧削，余都依着石头的原形，任其凸凹，像是天然生成的一般。或高或低，皆种植着各色名花异木，扶疏茂密，异常可爱。出洞天后，在名作“环碧沼”的两旁，东西各有一亭，东面曰“临漪亭”，西边曰“华渚亭”。朱栏翠槛，耀水生辉。沼次有两山殿，一名作“云华阁”，一名作“太宁殿”。极尽华丽富贵之态，俨然是皇家之象。

钦宗命内侍扶掖着，沿台阶一级一级地走了上去。中道经过琳霄、垂云、腾风诸亭，尽峦高出平地数百尺，往下面看去，峭壁攒峰，俨是深山大壑，好景致！

君臣同赏了一会儿，又转至会春阁稍憩。阁下有殿名作“玉华”殿，殿柱用石笋削成，雕成龙形，并涂饰以金漆，辉煌灿烂。前殿左侧，为“三洞琼文”之殿，额匾系御书；右侧为“种玉绿云”轩，相对峙立。

正当此时，内侍来奏：“时已晌午，筵席都已备齐。”

钦宗遂领众臣同至太清楼，又传旨召宰辅亲王入席。不一会儿，宰辅亲王，鱼贯而入。但见女童四百，皆着鞍袍玉带，列排于场下，各个肃然拱立，更无个敢謦欬的。宫人两行，围拥着御座站立，或引珠龙，或执巾玉，或捧束带，或秉金扇，或掆拂，或拱壶，或携巾，或按剑，或把钺，或持香球，各司其事，亦无敢离行失次的。

这种严肃整齐的排场，若不是在帝王家，哪能见得到？

于是宰辅亲王，并朝中群臣，先后趋钦宗座前，叩请圣安。

钦宗谕道："大家入席吧。"

众人领旨，谢过圣恩后，按次就席。

钦宗又谕道："而今国家承平无事，君臣共乐，须要以共乐为是，重视这'共乐'二字。朕特许把烦苛碎礼略去，饮食起坐，各听自便。纵然卿等失礼，朕也不过问。"于是呼左右道："将酒来。"

执事内监应声领旨，忙把新酿的御用醉太平酒进献御前。钦宗又命将美酒分赐群臣。

内侍即起座酌酒，按席宣劝三巨觥。大家起立饮过，但觉酒味香醇，饮了下去，心酣身畅，意爽神清，真个有那说不出的妙处。

钦宗又命执事内监，取建溪异毫盏，用惠山泉水，烹新贡嘉瑞茶，赐予群臣共饮。

饮酒兴酣，钦宗乃谓群臣曰："酒意已浓，可以奏乐了。传旨，奏乐!"只听筝、竽、瑟、琵琶、笙、箫，同响合奏起来，真是天降韶乐，九歌初成。

"再传旨起舞兴歌!"

这旨一下，歌姬舞女，便同时歌舞起来。

钦宗起座道："大家起来观看一会儿!"

群臣遂各离席，随御驾至楼前，凭栏而观。但见歌姬对对，高揭珠喉，歌着抑扬顿挫的妍歌；舞女双双，舞着缓急疾徐的妙姿。那歌的，愈歌愈靡靡，悦耳快心；那舞的，愈舞愈翩翩，勾魂荡魄。耳听眼观这场歌舞，真如吃了蜜糖一般。真个是：勾魂荡魄七盘舞，悦耳快心一串歌。

朝中多数大臣自是心中欣喜，皆以为皇恩浩荡。独有李纲等几位骨鲠之臣不以为然，出得宫门来，几位正直之士相对摇头叹息一阵，便只得各自散去。

李纲回至家中，兀自叹息不已，胸中郁结之气难平。他一会儿想起今日皇宫内“灯火荧煌天不夜，笙歌嘈杂地长春”的铺排、奢侈，一会儿想起金兵仍雄踞北方对大宋江山虎视眈眈，一会儿又想起历朝旧世之亡国时节……这样，他一面叹息，一面苦想，兀自理不出个头绪来。忽听城中梆响，知道已是子夜时分。

他几乎是近于麻木地站起身来，走到书架前，随手取了一本书掷在桌上。过了一会儿，他顺手翻开一页，却是唐人杜牧写的那篇有名的《阿房宫赋》。李纲心中一震，倒不是惊奇于这篇赋的内容，而是他忽然想到，《阿房宫赋》的境况与现在是何其相似也！

李纲也想起了晚隋之时，隋炀帝造迷楼于江都之事：

那时，隋朝刚刚削平南北各国，百业待兴。隋炀帝夺下文帝之位，便大开侈心，再也不去安心治理朝中政事了。他下旨天下，耗费千万人财，开掘成一段汴渠，疏通黄河的流水，曲折达千里之遥，直到淮河边上。炀帝在凤盖霓旌之下，乘坐锦帆龙船，决意驾临江都。炀帝这一游江都，穷奢

极欲，建成了一座华丽无比的迷楼。迷楼汇聚了全国各种能工巧匠，费了数月时日才得以建成。迷楼建成后，炀帝大悦，说它像殷纣时的摘星楼，像北周时的凌烟阁，飞云宿雾，玉柱金楹。千门万户，复道相缔。深幽、华贵的内室四环交错，连炀帝本人来到迷楼，也不知道自己身在何处，疑是天中仙境。

荒淫的炀帝又诏选燕赵、吴越等地的美女供其淫乐，日日陶醉于娥苗曼绿、窈窕融洽之间，沉湎于钟鼓清歌、舞袖玉食之中。昼夜寒暑，漠然不分；高下东西，茫然不知。时日一长，炀帝又何以辨别群臣之贤否？又安能关心庶政之是非，生民之利病，天下之安危？

而炀帝也最终死于兵锋之下。

当文帝枕戈马上之时，他炀帝杨广又是何其壮哉：擒陈后主，戮张丽华，诛施文庆、沈客卿、阳慧朗、徐哲、暨慧景五大佞人以谢天下……这是多么雄杰的伟业！

炀帝却在后来三次出师高丽，皆大败而还；后又游乐江都一去不返。何其悲哉！

李纲一面唏嘘，一面慢慢地取出笔墨来。金兵刚退，一批奸佞小人便又得钦宗宠幸，退金大计转眼复成烟云！莫非，古来国事皆如此吗？难道就没有正直诤臣当朝之日吗？

他濡墨挥毫，写下了这篇《迷楼赋》，以炀帝之事，警诫后人：

炀帝作迷楼于江都，钟鼓嫔嫱，不移而具，迄今旧址存焉。因读杜牧之《阿房宫赋》，感其事作赋以吊之。辞曰：

隋室方隆，削平万国，侈心一开，弗安厥宅。凿为汴渠，导河之流，曲折千里，放于淮陬。凤盖霓旌，锦帆龙船，决意东幸，江都是游，穷奢肆欲，乃建迷楼。……

写完最后一个字，李纲放下笔，走到窗前，负手而立。天已微明，晨鸡唱晓，隐约可见一弯淡月渐渐隐入云霭。

正当钦宗大宴群臣之时，忽又报金兵卷土重来。顿时，满场歌舞变作风雨落叶，飘摇不定。

此时，徽宗已东幸至亳州避敌。钦宗闻得金兵将至，也拟出幸襄邓，以避金人之锋。

李纲阻谏曰："陛下，道君皇帝挈宗社以授陛下，岂可委而他去？"

钦宗答道："时中谓京城不可守，居此又可奈何也？"

李纲叩头答道："天下城池，当推都城为最固，况且是宗庙社稷，百官万民之所在，舍此将何往？愚臣以为，若为今日计，当整饬军马，固结人心，相与坚守，以待勤王大兵来援。"

“谁可为将守城？”

“白时中、李邦彦虽未必知兵，然身为大臣，抚将士以抗敌锋，乃是二人大职也。”

白时中脑中“嗡”的一声，高声说道：“难道李纲不能将兵出战吗？”

李纲微微一笑，从容答道：“倘若陛下不以臣为庸懦，使治军旅以卫社稷子民，纲愿以死报国。”

钦宗大喜，即授李纲为尚书右丞，留守东京。忽然，内侍来奏中宫已启行。钦宗一听，脸色突变，慌忙走下御座说道：“金兵势大，朕不能留此，拟同中宫偕行。”

李纲伏地大哭，叩首不止，以死遮留。

钦宗不得已，向李纲说道：“朕今为卿少留。治兵御敌的重任，专责诸卿，万不可稍有疏虞！”

李纲遂受命而出。宰相仍请帝驾出幸为是，钦宗心中早已大惧，闻言连连称善。

次日，李纲入朝，见午门内禁卫环甲，钦宗乘舆已驾。

李纲大怒，双目圆睁，急呼禁卫军道：“你等究竟愿守宗社，还是愿随帝驾出以留蝼蚁之命？”

只听禁卫军队中一片呼声曰：“我等社稷宗庙、父母妻子都在此，情愿随将军死守京师。”

李纲即入见钦宗道：“陛下已许臣留，为何又复戒行？今六军父母妻子皆在都城，愿以死守。陛下若强令他们护驾出都，万一中道散归，请问陛下孰与为卫？况敌兵已逼近，探知乘舆不远，必令健马快兵追击，又谁可抵御？”

钦宗心想不错，遂不复出幸，留居中宫。禁卫六军闻悉，皆拜伏呼万岁。

钦宗乃命纲兼行营使，得以便宜行事。李纲领旨出朝，即整备守战工具，以御敌兵。

这一夜，金兵数千人来攻宣泽门，李纲率军出战迎敌。宋军将士见主帅亲自出战，军心大振，杀声震天，击杀金兵数百人。金兵方知宋朝有备，遂退后扎营落寨。钦宗却吓得一夜未眠，听见杀声大起，以为金兵已入城来，便伏于床上战栗不已。

次日，惊慌失措的钦宗召群臣商议。

佞臣李邦彦道：“都城兵微将寡，勤王兵又都观望不前。就算有几路兵奉诏赴援，犹恐被金兵拦路截击。由是诏下多日，不见援军入卫，敌兵却已临近城下。为目前救急计，舍割地求和外，绝无善法可计。”

李纲闻言，心中不平，道：“敌兵孤军深入，击之不难，并且裹粮不多，我军不胜亦可闭城固守。况且催诸路军星夜入卫，等到勤王兵来，内外夹攻，可以一鼓而灭敌军，为甚要同金人乞和？这岂不是灭我大宋国威？”

钦宗迟疑不决，李纲要赶紧去登城防敌了，而李邦彦、张邦昌犹在钦宗面前晓以利害，怂恿求和。

钦宗竟从其议，即遣驾部员外郎郑望之、防御使高世则，前往金军营中请和。李纲忙于军务，于此事竟一无所知。

金人以威胁利诱等手段，迫使宋同意四条和约：一、输金五百万两，银五千万两，表缎百万匹，牛马万头；二、割让中山、太原、河间三镇之地；三、宋帝尊称金帝为伯父；四、以宰相亲王为质。

钦宗竟一律照允，即命李邦彦、张邦昌草就誓书。

消息传至李纲耳中，李纲一时呆住了，六军将士也喧哗不已。

然而，事已至此，也无可挽回了。